www.mayabooks.co.kr

www.mayabooks.co.kr

그 헌터의 자취방

그 헌터의 자취방 ❶

지은이 | 황금타조
펴낸이 | 권순남
펴낸곳 | (주)마야·마루출판사

등록 | 2008. 1. 7(제310-2008-00001호)

초판 인쇄 | 2020. 3. 20
초판 발행 | 2020. 3. 25

주소 | 서울시 노원구 상계 1동 1049-25 신영산업 BD 602호
대표전화 | 02-2091-0291
팩스 | 02-2091-0290
이메일 | marubooks@hanmail.net

ISBN | 979-11-368-0228-6(세트) / 979-11-368-0229-3
정가 | 8,000원

잘못된 책은 교환하여 드립니다.
저자와 협의하여 인지를 붙이지 않습니다.

「이 도서의 국립중앙도서관 출판시도서목록(CIP)은 서지정보유통지원시스템 홈페이지(http://seoji.nl.go.kr)와 국가자료공동목록시스템(http://www.nl.go.kr/kolisnet)에서 이용하실 수 있습니다.」
(CIP제어번호:CIP2020009972)

MAYA&MARU MODERN FANTASY STORY

그 헌터의 자취방

 황금타조 현대 판타지 장편소설

마야&마루

✣ 목차 ✣

프롤로그 ···007

제1장. 그 헌터의 자취방 문은··· ···017

제2장. 별로 안 궁금한데? ···081

제3장. 그렇다고 한다 ···143

제4장. 쓸데없다 ···169

제5장. 몸에도 좋고 맛도 좋은 ···221

제6장. 진심 ···271

프롤로그

그 헌터의
자취방

 가상현실 게임에서 괴짜로 소문난 우도현은 월드 서버 최초이자 마지막 에피소드, 신이 되는 길에서 실패하며 999번째 죽음을 맞이했다.
 1,000번째 되살아난 곳은 처음 보는 세계 제브라드.
 다른 차원, 즉 이세계였다.
 그저 게임에서 죽었을 뿐인데, 왜?
 정신을 차리고 보니 알몸과 텅 빈 인벤토리뿐.
 지구로 돌아가고 말겠다는 집념으로 이를 악물었다.
 밑바닥부터 시작해 그랜드 소드마스터이자 대마법사가 되기까지.
 천 년에 한 번 나올까 말까 한 천재라며 그의 이름이 제브라드에 울려 퍼졌지만, 우도현은 모든 게 부질없음을 느꼈다.

자신이 살았던 차원 '지구'로 돌아갈 열쇠가 없음을 깨달은 거다.

참고 참았던 인내심이 폭발했을 때, 이세계의 신 제브라드와 면담하게 되었다.

피처럼 붉은 긴 머리, 치장한 액세서리에는 엄지만 한 보석들이 잔뜩 박혀 있었다.

새끼손톱 크기만 해도 제국 하나를 살 정도로 값비싼 것들이었다.

손에 든 검과 방패는 어떤가. 차원 하나 이상의 가치를 가진 것들이었다.

거기에 다른 차원의 광물이라 일컬어지는 아만티움이 통째 들어간 갑옷까지.

'한마디로 사치의 끝판왕이네.'

도현은 입을 다물고 있었지만, 그녀를 바라보는 시선은 한심스럽기 그지없었다.

제브라드, 그녀는 빤히 쳐다보는 도현을 마주하며 한숨을 내쉬었다.

"우도현, 그대가 바라는 건 정말 그것밖에 없습니까?"

"그래, 집으로 돌아가는 거."

신에게 반말을 지껄이다니!

제브라드교인들이 봤다면 신성 모독죄로 몇만 년이고 죽지도 못한 채 고문을 당할 만큼 건방진 말투였다.

제브라드는 실소하며 다시 물었다.

"모든 걸 잃는다 하여도?"

도현이 코웃음 쳤다.

"이제 잃을 거라곤 내 몸밖에 없는데?"

제브라드에 떨어졌을 때도 그랬다. 몸뚱이밖에 없었던 그때, 살기 위해 밑바닥부터 시작했다.

뒷골목의 양아치가 되기도 했고, 노예로 팔려 나갈 뻔도 했다. 용병의 미동이 되어 몹쓸 일을 당할 뻔도 했었다.

'많은 일이 있었지······.'

이보다 더한 지옥은 없다고 생각했는데.

이젠 모든 것들이 아련한 추억으로 남았다.

즐거움은 그리움으로,

따뜻함은 쓸쓸함으로.

500년. 인간으로서 해 볼 건 다 해 봤을 시간.

아련함으로 물든 검은 눈동자를 바라보던 제브라드가 고개를 끄덕였다.

"알겠습니다."

그녀가 말을 끝마치기 무섭게 도현의 옆에 붉으면서도 푸른 보랏빛 워프가 열렸다.

'저것이 차원 이동 워프!'

도현은 떨리는 가슴을 주체할 수 없었다. 이 워프를 열기 위해 그간 했던 개고생을 생각하면 제브라드라는 단어에 신물이 날 지경이었다.

 차원의 문, 차원과 차원을 오갈 수 있는 문.

 검의 정점이라는 그랜드마스터가 되고서도, 마법의 신이라는 드래곤을 아이처럼 다룬다 할지라도.

 이 워프만큼은 열 수 없었다.

 신만의 권능이었기에.

 그걸 깨달았을 때, 도현이 선택한 건 깽판이었다.

 말 그대로 거슬리는 건 전부 눈앞에서 치워 버렸다.

 그러다 보면 신이 나타나 쫓아내지 않을까 싶어서.

 예상대로였다.

 단지 깽판 치는 과정이 미화되어 '우도현교'가 창설된, 아주 사소한 문제 하나만 빼고 말이다.

 '그래, 사소한 문제지. 음, 그렇고말고.'

 도현은 의자에서 천천히 일어나 워프 앞에 섰다.

 희열과 설렘으로 한 걸음 내디디려 할 때, 제브라드가 헛기침을 했다.

 "뭔데? 할 말 있어?"

 "마지막으로……."

 "……?"

 [신 제브라드의 이름을 걸고 당신을 제브라드에서 절대

추방합니다.]

신어가 허공에 모여 문자를 만들어 냈다.

"……!"

본능적으로 힘을 끌어 올리던 도현은 귀에 꽂힌 한마디에 힘을 흩트렸다.

"워프 닫아 버릴 겁니다."

"옙, 가만히 있겠습니다."

빛나는 투명한 문자가 도현의 이마에 박혔다. 겉으로는 볼 수 없지만 느낄 수는 있었다.

이 제브라드라는 차원이 자신을 밀어내고 있음을.

머리가 핑 돈다. 어지럽고 속도 울렁거리는 게 꼭 멀미를 하는 것 같았다.

그때쯤 제브라드가 속 시원한 한숨을 내뱉으며 여유로운 웃음을 지었다.

"다른 차원을 떠돌더라도 이 제브라드엔 절대 올 수 없습니다. 절. 대. 로."

도현도 올 생각이 전혀 없던 터라 망설임 없이 고개를 끄덕였다.

"그럼 간다. 잘 살아."

그 말을 듣자 그간 도현이 제브라드에서 친 사고들이 주마등처럼 제브라드의 눈앞을 스쳐 지나갔다.

절로 한숨이 나오는 상황이었지만, 이제 더는 없다.

그랬기에 그녀는 웃을 수 있었다.

부디 두 번 다시 만나지 말기를.

그녀는 그렇게 빌며 도현이 들어간 차원의 문을 넘어 시선을 던지다 미간을 찌푸렸다.

"저건……?"

지구를 감싼 7개의 마나 파장.

제브라드는 입술을 씹었다.

불덩이의 태양을 중심으로 공전하는 8개의 행성이 있는 태양계.

그중 선명하고 영롱한 보석처럼 빛나는 푸른 행성 지구를 지켜보는 7개의 시선이 있었다.

황금을 빼닮은 눈동자가 말했다.

「5년이란 시간이 흘렀군.」

붉은빛이 감도는 황금색의 눈동자가 동조했다.

「절반만 살아남을 줄 알았는데. 인간들이 생각보다 적응력이 좋다.」

외눈박이. 하지만 그 크기는 2개의 눈보다 더 큰 녹색 눈동자가 즐겁다는 듯 휘어졌다.

「이제 막 시작했을 뿐이네. 승자는 모든 걸 갖는다는. 다

들 잊지 않았겠지?」

그 말에 보라색 눈동자가 살짝 찌푸려졌다.

「승자는 나라구! 예쁜 건 내가 다 가질 거야!」

열의를 올리는 보라색 눈동자와 달리 연갈색 눈동자가 흥분으로 반짝이며 혼잣말을 뱉었다.

「달궈졌으니 이젠 괜찮겠지? 저긴 너무 맛있는 게 많아!」

외눈박이는 휘어진 눈을 바로 하며, 말없이 지구를 주시하는 회색 눈동자를 향해 물었다.

「자넨 무슨 생각인가? 태생의 차원일 텐데 움직이지 않을 건가?」

「……」

여태 그랬던 것처럼 대답은 없었다.

그렇게 다섯의 시선이 제각각 놀아나는 사이, 은빛 눈동자만이 지구, 대한민국에 순간 반짝인 빛을 바라봤다.

제1장

그 헌터의 자취방 문은…

그 헌터의 자취방

 도현이 행방불명되고 5년밖에 흐르지 않은 지구.
 우여곡절 끝에 대한민국에 다시 돌아온 도현은 숨만 쉬는 백수가 되었다.
 그리고 1년 뒤, 늦깎이 대학생이 된 그는 자취를 시작했다.
 드르렁, 드르렁!
 해가 중천임에도 코를 골며 단잠에 빠진 도현은,
 끼이익―
 귀를 긁는 마찰음과 함께 방문이 열리자 벌떡 일어났다.
 "뭐야……?"
 도현은 자다가 일어나 눈을 끔뻑였다.
 갑작스럽게 열린 방문.

그 문 앞에는 익숙하지만 익숙하기 싫은 인종이 멍한 얼굴로 자신을 보고 있었다.

16, 17세쯤의 키. 푸른 눈에 갈색 장발과 중세 유럽을 떠올리게 만드는 옷차림.

제브라드에서 질리도록 봤던 평민의 모습이었다.

불쾌한 기억이 떠오른 도현의 얼굴이 팍 찌그러졌다.

본래 성질대로라면 곧장 발로 차 문을 닫았을 거다.

산발이 된 머리와 찢기고 엉망이 된 모습만 아니었다면.

"여, 여긴 어, 어디죠?"

"너 뭐냐?"

눈치를 살피면서도 두려움에 덜덜 떠는 모습에 도현이 다시 인상을 찌푸렸다.

도망자의 전형적인 모습.

'그런데 제브라드의 사람이 어떻게 내 방에?'

의문도 잠시, 사내 뒤를 확인한 도현의 눈빛이 가라앉았다.

문밖으로 멀리 보이는 마을에서 새카만 연기가 구름처럼 하늘로 피어올랐다.

부서진 건물 사이로 날카로운 비명과 굵은 고함이 끊이지 않고 들렸다.

자동적으로 눈살이 찌푸려졌다.

'아무래도 마을 하나가 털린 것 같은데.'

도현의 예상대로였다.

히이이잉!

"저놈을 쫓아라!"

말을 끄는 무리 하나가 사내 뒤로 다가오고 있었다.

도현은 신경질적으로 머리를 쓸어 올리며 침대에서 일어났다.

"아 씨, 겨우 1년밖에 안 지났는데."

귀찮음이 잔뜩 묻어났지만, 행동은 빨랐다.

성큼성큼 걸어 사색이 된 사내의 어깨를 잡아끌었다. 동시에 방문을 닫았다.

쾅!

……

정신 사나웠던 공간이 순식간에 적막해졌다.

문 닫는 소리에 놀란 사내는 방바닥에 몸을 웅크린 채 떨고 있었다.

말없이 내려다보던 도현은 크게 한숨 쉬며 쭈그리고 앉아 물었다.

"너 어떻게 문을 열었냐?"

제브라드의 언어가 방을 울렸다.

사내는 소스라치게 놀라 더 몸을 움츠렸다.

'아, 이게 아닌데.'

좋지 않은 기억이 떠올라 목소리가 너무 뾰족했다.

도현은 최대한 누그러진 목소리로 다시 말했다.

"특이한 능력이 있는 것 같지는 않고, 어떻게… 왔는데?"

'기어들어왔냐?'라고 물으려던 그는 용병이나 쓰는 거친 말인 것을 인지하고 최대한 평범한 단어를 붙였다.

성격에 안 맞는 말이라 씹듯 나온 게 문제였는지, 사내는 몸을 더, 더 움츠렸다.

결국 좁쌀만 한 인내심이 바스러졌다.

"하… 사내새끼가 찌질해서는. 넌 존심도 없냐, 새꺄? 복수한다든가, 힘을 기른다든가. 하여간 제브라드 새끼들은."

제브라드 언어를 집어치운 도현은 혼잣말처럼 투덜대며 일어났다.

자신만의 세상이자, 보금자리. 누구도 알 수… 부모님은 예외지만. 아무튼, 이런 천국에 저런 오물 투척이라니.

'아침부터 일진이 더럽게 사납네.'

도현이 이를 갈며 혀를 찼다.

"아니야… 나, 나도 힘만 있었다면, 힘만 있었다면! 싸웠을 거라고!"

병든 짐승 새끼인 양 낑낑대던 놈이 벌떡 일어나 씩씩댔다. 시뻘게진 얼굴이 얼마나 억울한지 눈물과 콧물로 범벅이다.

마침 그 파편이 바닥에 툭 떨어졌다.

'아… 방바닥.'

더러워진 방바닥이 눈에 들어오자 속이 부글부글 끓었다.

'아니, 그런데 나 한국말로 말했는데?'
"너 지금 내 말이 들려?"
"아, 아주 잘 들린다, 새, 새, 새꺄! 아무리 그래도 그런 말은… 그런 말은……."

커다란 푸른 눈에서 눈물이 줄줄 흘렀다. 바닥에 떨어지는 걸 보자 도현이 한 손으로 눈을 덮었다.

"이, 인상 쓰면 어쩔 건데, C발!"

고함이 방을 쩌렁쩌렁 울렸다.

순박하게 생긴 것치고 의외였다.

'그래도 깡은 있나 보네.'

도현은 작게 감탄하며 말을 내뱉었다.

"나가."

담백하게 퇴출을 명령하자 멍청하게 눈을 끔뻑이던 사내는 일그러진 얼굴로 씩씩거리며 돌아섰다. 그리고 문손잡이를 잡아 밀었다.

"……?"

'하아… 민다고 열릴 리가 있나. 돌려서 밀어야지.'

잠깐의 낑낑거림으로 문을 연 사내는 콧김을 뿜으며 한 걸음 내디뎠다.

"어……?"

들어온 입구였으니 당연하게도 나갈 수 있어야 했다. 하지만.

방문이 열리고 나타난 것은 10평 정도의 거실이었다.
"오, 하나님 맙소사."
도현은 양손으로 얼굴을 쓸어내렸다.

"일단 씻어."
도현은 빠르게 정신을 수습했다. 서랍장에서 새 속옷과 반팔 티셔츠, 추리닝 바지를 꺼내 사내에게 건넸다.
사내는 눈앞의 옷가지를 흘기더니 도현을 빤히 쳐다보곤 입꼬리를 올렸다.
탁!
도현의 손 위에 있던 옷이 바닥에 나뒹굴었다.
도현은 진심으로 빡쳤다.
"이 새끼가?"
전신에서 피어오른 짙은 살기가 사내에게 쏟아졌다. 사내는 휘청거리며 바닥에 쓰러졌다. 새파랗게 질린 얼굴은 혼이 나간 모습이었다.
"오줌 싸면 뒤진다."
도현이 으르렁대자 사내는 필사적으로 다리 사이를 틀어막았다.
하얗게 질린 얼굴이 정말, 온 힘을 다하는 모습이었다.
도현은 천천히 바닥에 널브러진 옷을 주워 건넸다.
"마지막이다. 저기 보이는 문 열면 욕실이다. 가서 씻어.

씻고 갈아입고 와."

사내는 그게 뭔지, 무슨 말인지 묻고 싶었지만 토를 달지 못했다. 그랬다가는 정말 죽을 것 같았기 때문이다.

덜덜 떨리는 손으로 독약을 받는 죄인처럼 옷을 받아 든 그는 비틀거리는 걸음으로 욕실로 향했다.

"우와악!"

요란한 소리와 비명이 겹치자 도현의 머릿속에 문득 생각이 스쳤다.

"아, 사용법을 안 알려 줬네."

뭐, 알아서 하지 않을까?

다양한 소리가 들리길 한 시간.

그나마 깔끔해진 사내가 발소리까지 죽이며 나와 도현 앞에 무릎을 꿇고 이마를 땅에 댔다.

"귀, 귀족 나리, 자, 자비를 베풀어 주시옵……."

"됐고. 너 이름이 뭐냐."

"미도론이라 하옵니다. 펴, 평민으로 다로셀라의 로거……."

"아아, 필요 없고. 그, 미도론? 어떻게 들어왔지?"

정적 10초. 인내심의 한계를 느낀 도현이 이를 뿌득 갈자 미도론이 어깨를 들썩였다.

"마, 마을 뒤, 도, 도, 동굴이 있습니다! 거, 거기로 도망쳤는데……."

"여기였다?"

반사적으로 고개를 끄덕이던 미도론이 다시 몸을 떨었다.

귀족 말에 고개를 끄덕이다니, 불경죄로 매를 맞을 일이었다.

'준남작이 그러할진대 이 귀족은……'

성격이 정말, 정말 더럽다.

'주, 죽을 거야. 죽을 거라고!'

아버지, 어머니, 로라!

미도론은 다시 눈앞이 흐려지자 자신도 모르게 숨죽여 흐느꼈다.

"너 또 바닥 더럽히면 널 걸레로 쓴다."

"크흡!"

저건 분명 자신의 피부를 벗겨 쓴다는 말이겠지. 옆 영지의 마노르타 귀족이 심심찮게 쓴다는 귀족 모독죄의 하나였다.

거기까지 생각하자 미도론은 오금이 저려 왔다. 차라리 산적의 눈먼 칼에 죽는 게 나았을지도 몰랐다.

이젠 우는 것조차 마음대로 못하게 된 미도론은 입술을 씹으며 울음을 삼켰다.

도현은 다시 터져 나오는 한숨에 이마를 짚었다.

'아아, 제브라드. 다신 보지 말자며. 이건 뭐냐고.'

이것이 신(神)종 괴롭힘인가?

"우선은 좀 일어나 봐."

7년 된 컴퓨터 본체처럼 털털거리며 떠는 미도론을 보다 못해 살짝 살기를 피우자 벌떡 일어섰다.

피곤한 기색으로 미도론을 훑었다.

"밥은?"

"꽤, 괜찮습니다."

쿠르르릉.

모깃소리처럼 들리는 목소리보다 그의 배에서 울리는 천둥소리가 더 컸다.

"솔직한 배 속이 더 낫네."

도현은 새빨개진 얼굴을 푹 숙이는 미도론을 지나 거실로 나가며 그에게 거실의 소파를 가리켰다.

"저기 앉아 있어."

그가 식탁에 차린 건 구운 스팸과 계란 프라이, 그리고 김치였다.

밥숟가락으로 대충 푼 밥 두 공기가 마주 보고 놓였고 도현의 자리에는 수저 한 벌이, 미도론이 앉을 자리에는 숟가락, 포크, 나이프가 없어 과도가 놓였다.

"와서 앉아."

쭈뼛쭈뼛 다가온 미도론이 조심스럽게 의자에 앉아 식탁을 살폈다. 익숙한 빵이나 수프 따위가 아닌 처음 보는 것들에 어색함만 가득했다.

새빨간 국물이 가득한 김치를 보며 미도론은 식은땀을 흘렸다.

'저건 피에 전 채소인가?'

노릇노릇 구워진 스팸은 더 끔찍했다.

'이건 노예의 살을 발라 구운 것인가?'

순수한 호의로 차려진 한 끼 식사가 순식간에 살인마의 식탁으로 변했다.

그나마 손댈 수 있는 건 익숙한 계란 프라이뿐.

은빛으로 번쩍이는 식기를 보며 도현이 이젠 귀족이 아닌 왕족이 아닐까 생각한 미도론은 덜컥 겁이 났다.

"잡생각 말고 밥이나 처먹어."

밥상에서 살기를 피웠다가는 그릇이나 식탁이 남아나질 않기에 도현은 거친 말만 내뱉었다.

미도론은 두려움에 떨며 포크를 들었다. 계란 프라이 끄트머리를 조심스럽게 찍는다. 과도를 들어 누르며 밀어냈다.

"아."

깔끔하게 잘리자 미도론은 떠는 것도 잠시 잊고 탄성을 내질렀다.

이렇게 잘 드는 칼이라니. 포크도 그랬다. 은이다. 무려 은. 게다가 깃털만큼 가볍다. 어떻게 광택을 낸 건지 자신의 얼굴이 다 비칠 지경이었다.

자른 계란 프라이 한 조각을 조심스럽게 입에 넣었다.

고소한 기름 향에 이어 계란의 고소한 맛에 혀가 놀랐다. 끝에 느껴지는 짭짤한 맛에 미도론은 눈이 번쩍였다.

소금! 소금이다!

끝없이 이어지는 산맥에 갇힌 로거드에서는 그저 소문으로만 들었던 조미료였다.

감격이었다. 감격에 겨워 눈가가 촉촉해졌다.

'이름 모를 귀족님, 아니 왕족… 일지도 모르는 귀족님! 감사합니다!'

방금까지 벌벌 떨던 놈의 부담스러운 눈빛에 도현은 다시 미간을 좁혔다.

한마디 하지 않은 이유는 미도론이 더 이상 떨지 않아서였다.

도현은 덤덤히 젓가락으로 스팸을 하나 집어 베어 물었다. 남은 건 밥공기 위에 올려 두고 김치를 찢어 먹었다.

그 모든 과정을 보고 있던 미도론이 계란 프라이처럼 스팸을 작게 잘랐다. 잠깐의 망설임 끝에 입에 넣고 눈을 질끈 감으며 씹었다.

'이 맛은?'

미도론의 눈이 튀어나올 듯 커지며 몸을 부르르 떨어 댔다.

"이게 무슨 음식입니까?"

"스팸."

"스팸?"

"통조림 돼지고기. 돼지 살을 갈아서 찐 거. 엄청 짠데 안 짜면 맛없어."

"고기……."

미도론은 눈물이 날 것만 같았다. 다른 건 몰라도 고기라니. 3년에 한 번 먹을까 말까 한 진수성찬이었다.

그때부터였다. 미도론의 눈빛이 변한 것은.

"허……."

도현은 흡입하기 시작하는 미도론을 멍하니 바라봤다.

조심스럽던 포크질은 난폭하기 그지없었다. 처음에는 그나마 잘라 먹더니 이제는 칼을 들지도 않는다.

찍고, 퍼고, 입에 밀어 넣는다.

쌀이란 게 생소할 만도 한데, 김치가 매울 만도 한데, 거리낌이 없이 입에 밀어 넣는다.

'역시 인간은 적응의 동물이군.'

도현은 이미 젓가락을 놓고 감상했다.

미도론이 광란의 포크질을 멈춘 건 모든 그릇을 다 비운 후였다.

"안 짜냐?"

도현이 머그잔에 물을 담아 건넸다.

얼떨결에 받은 그는 도현의 마시는 시늉에 컵을 입에 댔다. 맑고 시원한 물에 다시 감격한 모습이었다.

"설마 제가 죽어서 이런 호사를 누리는 건 아니겠죠?"

'아, 두려움을 안 느낀 게 아니라 이미 죽었다고 생각한 건가?'

도현은 설명을 포기했다. 귀찮았다. 어차피 언젠가는 알게 될 일이다.

'어? 그럼 같이 살아야 한다고?'

엄청난 사실을 깨달은 도현은 제브라드의 목을 잡고 탈탈 털고 싶은 심정이었다.

"귀, 귀족 나리, 존함이 어떻게 되십니까?"

극진한 공경에 이젠 이쪽이 적응 안 된다.

'알려 줘도 되려나. 괜히 발작하는 건 아니겠지?'

"우도현."

머리를 긁적이던 도현이 짧게 이름을 댔다.

"딸꾹."

빈 컵이 식탁 위에 나뒹굴었다.

굳은 미도론은 한동안 말이 없었다.

조용해진 것 외에는 큰 발작이 없자 도현은 식탁을 정리하기 시작했다.

국물만 남은 김치 통을 보고 입맛을 다셨다.

엄마한테 김치를 더 보내 달라면 잔소리 엄청 듣겠지?

한 통 가득 보내 주신 지 2주밖에 안 됐다. 그걸 벌써 다 먹어 치워 버렸으니……

짧게 혀를 차며 설거지를 시작했다.

미도론은 설거지를 하는 도현의 뒷모습을 바라보며 생

각에 잠겼다.

"전 우도현 님의 소문이 거짓이라 생각합니다."

설거지를 끝내고 손의 물기를 닦을 때쯤, 미도론이 말했다.

희한한 놈이다.

그가 떴다 하면 마왕조차도 치를 떨며 맨몸으로 도망칠 정도였다.

모든 악의 수식어를 달고 살았고, 제브라드의 모든 종족이 그로 인해 몸살을 앓았을 정도였다.

그 이야기가 몇백 권은 될 텐데.

그에 비해 미도론의 반응은 신선 그 자체였다.

"제브라드께서 우도현 님을 '악'으로 명명하셨다지만… 저에게는 오히려 우도현 님이 강림하신 신이십니다!"

"허… 너 그러다 신벌 받는다?"

이해는 됐다. 모두가 죽고 마을은 불탔다. 도망치는 와중에도 제브라드를 부르짖었겠지. 하지만 생뚱맞게 나타난 건 도현이었으니.

아무리 그래도 저건 위험했다.

제브라드의 신을 불러내기 위해 깽판 쳤던 그때.

몇백 년을 살아도 늙지 않고 죽지도 않았으며, 마왕도 한 손가락으로 없애는 강함을 동경한 이들이 모여 종교를 창설했다.

'우도현교'는 이교도라 불렸지만, 제국을 능가할 정도의 무력에 그 누구도 건드릴 수 없었다.

 살아 있는 신으로도 유명했던 도현은 미도론의 상태가 어떤지 정확히 알았다.

 동경과 맹신, 신도 입문의 첫 단계.

 고개를 절레절레 저은 도현은 검지를 통겼다.

 미도론의 몸이 의지를 배신하고 벌떡 일어났다.

 얼떨떨한 미도론의 손으로 바닥에 널브러진 걸레 2개가 날아와 쥐어졌다.

 "바닥 닦아. 싹싹."

 우선 눈에 씌워진 콩깍지부터 벗겨야 했다.

 '몸이 힘들어지면 살기 위해서라도 의심하기 시작하겠지.'

 얼마나 걸릴지 모르겠지만, 저 순수한 눈빛이 부담스러워서라도 빡세게 굴려야겠다고 생각했다.

 그때였다.

 끼이이익.

 방문이 열렸다. 그리고 그 안은 울창한 숲과 숲 옆으로 성벽이 보였다.

 "호르젠?"

 로가드 마을에서 일주일 정도 떨어진 마을이었다.

 미도론은 동그란 눈으로 걸레와 문과 도현을 번갈아 봤다.

 "가 봐."

 도현은 속으로 '나이쓰!'를 외쳤지만, 겉으론 덤덤하게 문을 향해 턱짓했다.

"우, 우도현 님, 아니 주인님! 전 주인님을 모시……."

"시끄럽고. 가 봐."

언제 주인님이 되었는지 모르겠지만, 사소한 건 치워 두고 갈등하는 미도론의 등을 떠밀었다.

"큽!"

날아가다시피 문밖으로 떨어진 미도론은 지렁이처럼 고통에 꿈틀댔다.

'힘이 좀 과했나?'

아니, 저 녀석이 너무 약골이라 그런 거다.

문이 서서히 닫히기 시작했다.

"주인님! 강해지겠습니다! 주인님에 비해 한없이 부족하겠지만, 강해져서 반드시 다시 모시러……!"

'아서라… 백수 패션으로 그런 말 뱉어 봤자다.'

달칵.

문은 완전히 닫혔다.

오랜만에 시끄러웠던 집이 쥐 죽은 듯 조용해졌다.

전혀 움직이지 않던 도현은 눈앞에 뜬 창에 고개가 오른쪽으로 기울었다.

[미도론]

17세/남

용사가 될 사내→도현교 대신관

체력:SSS+ 힘:SS+

민첩:S 행운:A

마나:SS+ 신앙:SSS+

가상현실 게임에서나 익숙하게 봤을 반투명 상태창.

"하아."

뚫어져라 쳐다보던 그는 양손으로 얼굴을 쓸어내렸다.

"이번 생은 글렀네."

안빈낙도, 백수의 꿈 말이다.

도현은 요란하게 떠들어 대는 휴대폰 알람을 끄며 부스스 일어났다.

아침 7시.

오늘은 강의가 있는 날.

그러므로 등교를 해야 하는 날이었다.

"아… 쉬고 싶다."

그의 꿈은 평범했다. 아니, 무척 소박했다.

그저 백수로 여생을 보내는 것.

하지만 그 꿈은 시작하기도 전에 넘어야 할 산이 너무 많았다.

행방불명이었던 그가 5년 만에 돌아온 게 문제였는지, 부모님은 자신을 7살짜리 아이로 대했다.

바람 불면 날아갈까, 넘어지면 뼈가 부러질까.

늘 노심초사하시더니, 시간마다 전화가 왔다. 그것도 번갈아 가며.

그런 날은 종일 전화만 붙잡고 있어야 했다.

대한민국으로 돌아갈 수 있다면, 돌아간다면 못다 한 효도를 해 드리겠다고 그렇게 다짐했건만.

다짐은 한 달 만에 무너졌고, 도현은 미련 없이 휴대폰을 버렸다.

좁쌀 같은 인내심의 한계였다.

그 뒤 모든 가면을 집어 치운 그는 자신의 본연 모습 그대로를 보였다.

먹고, 놀고, 자고, 싸고.

집에서 숨만 쉬며 꼼짝없이 10개월을 보냈다.

그리고 11개월이 된 어느 날.

얼굴을 때리는 종이 쪼가리 하나에 소파에 길게 누운 몸을 일으켜 확인했다.

대학 등록금 완납 영수증.

대학 입학 신청서도 아닌 등록금 완납 영수증이었다.

그것도 4년 치를.

청천벽력과 같은 소식에 도현은 500년 하고도 11개월 만에 가장 충격적인 날을 보냈다.

대학이 본인의 의사도 묻지 않고 스트레이트로 입학이 가능한 곳이었나?

왜 수능은 안 봐?

부조리한 세상에 처절한 배신감을 느끼며 좌절했다.

하지만 그에게도 실낱같은 희망은 있었다.

대학교의 주소가 서울특별시였다.

서울특별시 관악구 관악로 1.

대한민국 최고의 대학, 학생들의 워너비 대학, 한국대학교.

영수증을 던진 그 시각부터 도현은 혹시나 하는 기대감에 부풀었다.

독립할 수 있는 확실한 명분!

엄마가 던지는 서류들 사이로 엄지를 내보이는 아빠와 시선이 마주쳤다.

두 사내는 작게 고개를 끄덕였고, 이내 도현은 마치 어명을 받드는 신하처럼 경건한 마음으로 서류를 받고 부모님께 큰절을 올렸다.

그렇게 도현은 서울로 상경했다.

그래 봤자 집과는 3시간 거리밖에 되지 않았지만 말이다.

도현은 3분 만에 샤워를 끝내고 나와 머리를 털었다.

앱으로 택시 드론을 신청하고 손에 잡히는 옷을 대충 꺼내 입었다.

[10분 뒤 택시 드론이 도착합니다.]

안내 메시지를 확인하며 자신의 은신처를 나섰다.

이제 도착할 택시 드론을 타고 등교만 하면 아침 일과는 끝이다.

[도착까지 1시간 30분 남았습니다]

익숙한 알림음을 듣고 1인 좌석에 편하게 몸을 실었다.

사실 도현이 뛰어간다면 10분도 채 안 걸릴 거리였지만 귀찮았다.

'그냥 타기만 하면 데려다주는데 굳이 왜?'

비싼 택시 드론 요금은 통장으로 또박또박 들어오는 용돈으로 충당하고도 여유로웠다.

사귄 친구들과 놀라고 두둑이 넣어 주시는 돈이었지만 딱히 쓸 곳이 없었다.

그저 등하교 셔틀 비용과 가끔 장 보는 것 정도. 이외에 도저히 쓸 곳이 없었다.

그렇다. 도현은 아웃사이더였다.

물론 자의적인 아싸였지만 말이다.

돈 많은 아싸.

전혀 조화롭지 않은 단어의 나열이었지만 그를 대표하는

말이기도 했다.

 대학생 중 택시 드론을 이용하는 학생은 5퍼센트도 채 안 된다는 사실을 도현이 알 수가 없었기 때문이다.

 '뭐, 관심 없지만.'

 도현은 양손을 주머니에 넣고 슬리퍼를 질질 끌며 강의실 문을 열었다.

 끼이익.

 드문드문 학생들이 보였지만, 누구 하나 도현을 신경 쓰지 않았다.

 도현은 이제 지정석이 된 강의실 제일 뒤 사각지대에 자리를 잡고 휴대폰 시계를 확인했다.

 강의 시작 20분 전.

 오늘은 3시간짜리 강의가 무려 2개나 있는 날이었다.

 그나마 나은 점은 같은 강의실이라는 것 정도.

 푹 퍼질러 잘 생각으로 양팔을 포개어 머리를 얹었다.

 대충 끝날 때쯤 휴대폰 알람이 울릴 거다.

 엄마라는 알람이.

 도현이 제브라드에 떨어졌을 때, 지구에서도 이변이 일어났다.

한밤중에 달이 폭발해 버렸다.

이후 세상 곳곳에서 발견된 달은 우리가 알던 익숙한 달이 아니었다.

수만 개 혹은 수억 개로 조각난 달은 운석처럼 떨어져 지면에 박혔다.

그리고 그 달 조각 속은 완전히 다른 세상이었다.

다른 세상. 차원과 이어지는 입구. UN에서는 그것을 워프(Warp)라 명명했다.

세상은 워프로 떠들썩했지만 이게 끝이 아니었다. 영상 매체로만 접하던 초능력자들이 현실에 나타난 거다.

세상이 변했다.

초능력자들이 나타났다.

이들은 초능력을 사용할 수 있었고, 능력에 차등을 두어 등급을 나누었다.

일정 등급 이상의 각성자는 헌터가 될 수 있었고, 헌터가 된 이들은 달의 파편을 통해 다른 차원을 탐험하며 다양한 물자들을 지구로 들여오는 기염을 토했다.

그로 인해 달의 파편이 차원을 이동할 수 있는 문이라는 걸 깨닫게 되었고, '워프'라 명명하게 되었다.

그렇게 발 빠르게 변하는 세계에 대한민국도 서둘러 발을 맞췄다. 그중 한 곳이 한국대학교였다.

대한민국에서 최고로 명성이 자자한 한국대학교.

학생이라면 당연하게 목표로 삼는 그런 명문대는 워프에 맞춰 전체 학과 절반의 교육 시스템을 바꾸었다.

다양한 학과 중에 도현이 입학한 곳은 헌터 사무 공무원과.

워프를 파괴하거나 워프 안에 서식하는 몬스터를 없애는 헌터들을 돕고 워프를 관리하는 사무직 공무원 과정의 학과였다.

도현은 이 사실조차 첫 수업에 참석하고서야 알게 되었다.

"자는 새끼들, 빨리 일어나라."

교수의 말투라기에는 거친 말이 강의실을 울렸다.

조용했던 아침 강의 뒤로 오후 강의 시간이었다.

점심도 거른 채 단 한 번도 깨지 않고 자고 있던 도현은 몸을 찌르는 기운에 인상을 쓰며 일어났다.

'뭐야, 저건?'

비쩍 마른 연구원은 어디 갔는지, 근육질의 군복을 입은 사내가 분위기를 잡고 도현을 노려보고 있었다.

'저 불독 새끼는 뭐야?'

몹시 불쾌했던 도현은 시선을 피하지 않았다.

멋모르고 짖어 대면 되갚아 줄 생각과 달리, 불독은 아무렇지 않게 고개를 돌려 학생들을 쭉 훑었다.

"문자 갔으니 알고 있겠지? 오늘은 예정대로 워프 견학 학습이다. 빠진 놈들은 F, 무사히 견학을 마치면 A다."

'며칠 전에 문자 알림이 울리더니 그게 이거였나?'

도현은 멍하니 눈을 끔뻑였다.

앞에 앉은 학생만 봐도 옷차림이 평소와 달랐다.

얼굴만 내놓은 쫄쫄이 옷 위로 조끼와 힙색 가방까지, 단단히 준비한 모습이었다.

마지막으로 도둑놈처럼 머리 전체를 덮는 복면을 착용하는 걸 보자 헛웃음이 났다.

'무슨 전쟁이라도 났나?'

늘 강의실에서 잠만 자는 도현만 모를 뿐, 워프 실습 때 착용을 권장하는 학과 전용 슈트였다.

모든 학생이 같은 복장으로 몸을 일으켰다.

때맞춰 불독이 외쳤다.

"앞줄 오른쪽부터 천천히 나온다. 워프까지 40분 거리, 모두 도보로 움직인다."

"어후."

여기저기서 한숨이 터져 나왔다. 늘 책과 씨름하는 게 익숙하니 당연한 반응이다.

"지금부터 모든 행동은 학점에 반영된다는 걸 명심하도록."

학생들은 언제 그랬냐는 듯 침묵했다.

모두가 빠져나가기까지 기다리던 불독은 자신을 지나쳐 가는 학생 하나하나를 관찰했다.

줄은 금방 줄어들었다. 제일 뒷줄 구석에 앉은 도현이 맨 마지막이었다.

좍좍, 좍좍.

어슬렁거리는 걸음을 따라 슬리퍼가 강의실을 쓸었다.

대충 걸친 흰 티에 청바지.

몹시 귀찮음을 온몸으로 표현하는 도현에게 시선이 가지 않는 게 이상한 일이었다.

묵묵히 보던 불독이 스쳐 지나가는 도현을 보며 말했다.

"우도현 학생이었나? 적어도 담 하나만큼은 인정해 주지."

씩 웃는 불독과 무표정한 도현의 시선이 마주치고 멀어졌다.

"하지만 그 담이 언제까지 이어지나 지켜보겠다."

뒤통수에 들리는 말에 도현은 픽 웃었다.

제 딴엔 경고라고 한 말이겠지만 간지럽지도 않다.

'졸업까지 3년 6개월인가.'

아직 그만큼 남은 시간이 너무 지루하고 귀찮다.

하나하나 반응하기에는 그가 겪은 풍파가 더 깊은 탓이다.

그런데도 조용히 학교에 다니는 이유는 순전히 엄마 때문이었다.

대학교 등록금 완납 영수증이 얼굴을 때렸던 그날.

'졸업하지 못하면 엄마랑 같이 살 줄 알아!'

잔뜩 화가 난 엄마의 목소리에 집이 쩌렁쩌렁하게 울렸었다.

'가, 같이?'

지금도 같이 사는데 무슨 소리인가 싶었지만, 화난 엄마의 모습을 보고 깨달았다.

'그래! 같이! 평생!'

'평새애앵?'

일이 년쯤 함께 살다 독립을 선언하려던 도현의 꿈이 와르르 무너져 내렸다.

한다면 하는 엄마.

그걸 빼닮은 도현은 엄마의 말이 어떤 의미인지 단박에 이해했다.

도현의 눈동자가 불안으로 떨렸었다.

여기에 엄마는 쐐기를 박았다.

'그리고 아빠 회사에서 말단으로 굴려 버릴 거야!'

'헉!'

결국 도현은 백기를 들 수밖에 없었다.

부모님의 사업이 몬스터 사체로 돈을 버는 회사였기 때문이다.

말 그대로 몬스터 사체를 사들여 분해한 뒤 다시 판매하는 현대판 백정.

일반인들의 인기를 한 몸에 받는 직종이었지만, 도현에게는 끔찍한 직종일 뿐이었다.

하루 수면 시간 3시간.

쉼 없이 갈리는 아빠를 보고서 질겁했다.

'내가 어떤 마음으로 돌아온 건데!'

그 일 후로 고분고분해진 도현은 효자까지는 아니더라도 말 잘 듣는 아들이 되었다.

'차라리 막 나갈 때가 좋았는데.'

어쩌면 자신의 마음을 눈치챈 엄마의 계획이 아니었을까?

정말 한없이 뒹굴던 11개월의 기간이 너무나도 그리웠다.

입맛을 다시던 도현은 반쯤 감긴 눈으로 저만치 멀어지는 줄을 따라 어슬렁어슬렁 걸었다.

일명 학교 뒷산으로 불리는 청룡산으로 줄이 길게 이어졌다.

헉헉대는 숨소리가 산을 들썩일 때쯤, 나무가 듬성듬성한 공터에 익숙한 덩어리가 눈에 들어왔다.

'달?'

보랏빛 반달을 땅에다 엎은 모습은 무척이나 이질적이면서도 그리움도 함께 들었다.

가로 10미터, 높이 5미터의 크기로 터널을 연상케 하는 이 달은 최하급인 7등급의 워프였다.

짝짝짝.

불독, 구승호 대위는 손뼉을 치며 시선을 모았다.

"이제부터 입장한다. 5열 종대."

학생들은 잡음 하나 없이 일사불란하게 움직였다. 한 줄에 20명씩 5줄이 순식간에 만들어졌다.

도현은 멀리서 지켜보다 끝줄 끝에 남은 한 자리로 가서 섰다.

"입장!"

'왼발, 오른발!' 구 대위의 구보가 붙었다. 헉헉대던 학생들은 어디 가고 구보에 맞춰 씩씩하게 워프로 들어갔다.

✜ ✜ ✜

[7등급 워프, 사자갈기 늑대굴에 입장하셨습니다!]

종잇장 같은 단면의 달 속에 발을 들이자마자 숲이 사라지고 어두운 동굴이 펼쳐졌다.

"오, 여기가 워프야?"

도현은 순수하게 감탄했다.

벽에 박힌 돌들이 어두운 동굴을 은은하게 밝혔다.

뒤꿈치를 들면 머리가 닿을 듯 낮은 동굴은 방과 복도 형식으로 나누어져 있었으며, 벽은 무척이나 반들반들했다.

'말이 실습이지, 피크닉인데?'

축축한 동굴 속 목숨을 위협하는 함정과 독벌레, 부패한 내장의 악취가 익숙했던 도현은 김빠진 콜라처럼 피식 웃었다.

"그래도 지구에 이런 게 있으니 심심하지 않겠어."

긴장감이 가득한 분위기와 다르게 그는 관광이라도 나온 모습이었다.

혼잣말을 들은 몇몇은 수군거리며 검지를 귀 근처에서 빙글빙글 돌렸다.

그러든 말든 도현은 워프 구경하느라 정신이 없었지만 말이다.

"이게 워프라니!"

"이것 봐! 코르타니다!"

"발 조심해. 거기 균열로 무너졌어!"

뒤에서 일어나는 일을 모르는 앞의 학생들은 워프를 보며 신이 났다.

그저 책으로 배웠던 다른 차원이 눈앞에 펼쳐졌다는 것도, 그 속의 몬스터와 헌터들이 목숨을 걸고 싸운다는 것이 신기하면서도 흥분되나 보다.

"워폰데, 헌터라도 있었으면 좋겠다!"

"야, 7등급 워프에 뭘 바라냐?"

한 학생의 바람은 바로 이루어졌다.

동굴이 끝나고 커다란 방 하나가 나타났다.

그리고.

"오오오!"

헌터 3명이 목에 털목도리를 두른 늑대 몬스터 5마리와 대치 중이었다.

왼손에는 동그란 방패를, 오른손에는 대검을 든 사내가 선두에 서서 몬스터의 시선을 끌고 있었다.

뒤에는 활을 든 여자와 양손 검을 든 남자가 치고 빠지며 차근차근히 한 마리씩 줄여 갔다.

크와와왁!

"들어간다! 미나 대기, 영훈은 내가 살짝 빠졌을 때 치고 들어가!"

"알았어!"

"오케이!"

투두둑! 쾅, 쾅! 케엑!

양손 검의 시원한 풀 스윙에 늑대 2마리가 목숨이 끊기며 동굴 벽에 처박혔다.

남은 늑대는 셋. 늑대들의 시선이 양손 검을 든 영훈에게 쏠릴라치면 방패를 든 사내가 다시 사이에 끼어들어 시선을 끌었다.

사선을 넘나들듯 아슬아슬하게 이어지는 전투에 학생들의 분위기가 후끈 달아올랐다.

"무슨 아이돌 공연장도 아니고."

다른 사람들은 몰라도 도현의 눈에는 재롱 잔치였다.

그저 크고 화려한 동작들로 채워진 싸움. 그 증거로 여유로운 목소리와 동작, 땀 한 방울 흘리지 않는다.

"크큭, 재밌는 말을 하는구나."

구 대위는 도현의 혼잣말을 받아치며 그 옆에 섰다.

도현의 눈썹이 꿈틀거렸다.

'왜 자꾸 주위에서 알짱거려?'

곱지 않은 시선을 뿌려 대도 구 대위는 혼자 팔짱을 낀 채 말뚝처럼 서서 사냥 중인 헌터들을 구경했다.

크, 크르르릉…….

어느새 늑대는 한 마리만 남았다. 4마리가 순식간에 죽은 탓인지 기세가 한풀 꺾인 모습이었다.

뒷걸음질 치는 늑대를 따라 한 걸음씩 앞으로 나아가는 헌터들의 모습에 학생들은 이미 열광의 도가니다.

"5년간 행방불명됐었다고 들었다."

무심한 얼굴로 지켜보던 도현의 귀에 구 대위의 목소리가 꽂혔다.

"요즘 학교에선 학생 사생활에도 관심이 있나 보네요."

"보통은 관심 없지. 단지 특이한 이력은 필수 기재라서 말이다."

도현은 구 대위의 호기심에 인상을 찌푸렸다. 20대의 풋풋한 얼굴로 대하기에는 그가 살아온 시간이 너무 길었다.

"무슨 말을 하고 싶은데요?"

"헌터. 너도 그쪽 아니냐."

아, 이 말을 하고 싶었던 거군.

0.1초의 망설임도 없이 귀찮음이 잔뜩 묻은 얼굴로 대답

했다.

"아닌데요."

무표정으로 뚫어져라 쳐다보던 구 대위는 왼쪽 입꼬리를 올려 씩 웃었다.

"그렇군."

그러곤 쿨하게 돌아섰다.

정말 자랑하고 싶어 튕긴 거라면 이쪽이 아쉬울 정도였지만.

그게 아님에도 도현은 왠지 찜찜함을 느꼈다.

"아 참, 헌터 사무 공무원 학과는 시험이 없다."

별것 아닌 말투였다. 이 말만큼은 도현의 귀가 쫑긋했다.

"대신, 각성 테스트와 리포트 제출만 있을 뿐이지."

구 대위가 고개만 뒤로 돌려 씨익 웃는다.

익숙한 눈빛이었다. 진지하게 이글이글 타오르는 눈빛.

도현은 이 눈빛을 이렇게 정의했다.

'맛이 간 눈빛.'

"그때 다시 보자."

발끝에서 머리끝까지 훑고 가는 진득한 시선에 도현은 몸서리쳤다.

'엄마! 여기 변태 불독이 있어! 변태 불독이 있다고오오오!'

쿵!

"우오오오!"

마지막 늑대가 쓰러지자 헌터들이 각자의 무기를 들고 함성을 질렀다.

분위기에 심취한 학생들도 주먹을 허공에 내지르며 함께 함성을 질렀다.

패닉에 빠진 도현만 속으로 비명을 질렀다.

거실 소파에 털썩 주저앉은 도현은 순식간에 녹아내렸다.

"너무 피곤한 하루였어."

푹신한 소파에서 안정을 취하며 안도의 한숨을 내뱉었다.

정신 건강에 심각한 데미지를 입은 그의 너덜너덜해진 머리 위로 +10이라는 숫자가 주기적으로 떠올랐다 사라지는 느낌이었다.

헌터들의 사냥 구경이 끝난 뒤로 이어진 워프 견학은 그저 신기한 동굴 답사였다.

평소 강의 시간보다 한 시간 일찍 끝난 건 좋았지만, 반대로 정신적인 피로는 배로 심했다.

"불독……."

특히 끝날 때까지 자신에게서 시선을 떼지 않던 구 대위 때문에 도현은 수명이 갈리는 것 같았다.

"학교 가기 싫다……."

그 덕에 택시 드론을 타고 집으로 오는 길에 걸려 온 엄마와의 통화 내용은 평소와 달리 도현의 하소연으로 가득했다.

'엄마, 학교에 불독 변태 군인이 있어! 날 위아래로 훑으며 흐흐흐 웃었다니까?'
'아, 구승호 대위님 말하는 거니? 호호호, 카리스마 넘치고 사내다우시지?'
'아니, 엄마, 날 변태 눈깔로 봤다니까? 그리고 헌터 사무 공무원 학과인데 왜 각성 테스트가 있어?'

숨도 안 쉬고 쏟아 내는 말을 받아 주던 엄마가 정색하고 물었다.

'응? 너 각성자 아니었니?'
'으응?'
'너 각성자니까 넣었는데?'
'아- 닌데?'
'어머, 얘. 각성자 아니면 워프 못 들어가. 어디서 엄마를 놀리려구.'
'……'

졸지에 커밍아웃을 한 그는 지구의 공기가 불편해졌다.

'하필 워프란 게 생겨서는! 달은 또 왜 없어지고 지랄이야?'

차라리 제브라드가 나왔…

"아니, 무슨 끔찍한 생각을!"

오랜만에 겪는 크리티컬 데미지에 정신이 혼미해질 지경이었다.

"안 되겠다. 오늘은 특식을 먹어야겠어."

마침 밥도 반찬도 똑 떨어졌으니.

"치느님, 너로 정했다!"

양념 반 후라이드 반, 무 많이많이.

[안녕하세요. 드론의 민족입니다. 고객님이 주문하신 음식이 40분 이내에 도착할 예정입니다]

바로 전송되는 알림톡에 깎인 정신이 좀 더 빨리 회복됨을 느꼈다.

'아아, 정화된다.'

조금 정신을 차린 도현은 늘 그렇듯 발을 뻗어 테이블 위 리모컨을 쥐었다.

고민 없이 채널을 돌렸다. 종착역은 지구에 돌아와서 절대 질리지 않는 먹방 채널.

『왕동원의 3대 천왕! 갈비의 왕을 찾아라!』

성우의 웅장한 목소리와 함께 화면이 바뀌었다.

거짓말 조금 보태 주먹만 한 갈빗대 6개가 눈에 들어왔다.

"헉!"

시뻘겋게 달아오른 숯 위 불판에서 진한 갈색의 양념을 바른 갈비가 자글자글 익어 갔다.

뿜어지는 연기 사이로 그은 듯 아닌 듯 노릇노릇하게 구워지는 소리는 그렇지 않아도 허기진 위장을 더 요동치게 만들었다.

야들야들하게 구워진 갈비가 가위에 서걱서걱 잘려 이리저리 구르자, 도현은 뒤로 넘어가 소파 위를 뒹굴었다.

"아아… 고문과 동시에 힐링이라니!"

가뜩이나 정신적인 데미지를 받은 탓에 더 심각한 허기를 느꼈지만, 그와 반대로 스트레스는 점점 사라지는 중이었다.

"헌터니 워프니 해도, 실상 현실은 변한 게 없네."

도현이 느끼기에는 그저 연예인이 두 부류로 나눠진 정도였다.

아무래도 몬스터와 싸우는 헌터 쪽이 생동감 있고 자극적이다 보니 인기가 더 많단다.

시청 등급이 15세인데도 말이다.

"아, 배고파. 치느님은 언제 오는 거야?"

TV에 빨려 들어갈 것처럼 시선을 못 떼던 도현은 배를 움켜쥐며 TV 위 벽에 걸린 시계를 확인했다.

'겨우 15분밖에 안 흘렀다니!'

극심한 허기짐에 다리를 달달 떨던 그의 귀를 긁는 소리가 있었다.

끼이익.

"어… 어?"

여행자 옷차림의 여자 2명이 당황한 얼굴로 들어왔다.

"또냐……?"

도현의 얼굴이 험악해졌다.

도현은 소파에 앉아 떨떠름한 얼굴로 서 있는 두 여자를 봤다.

또다. 방문을 열고 들어온 제브라드 인간이.

"하, 무슨 내 집이 만인의 쉼터도 아니고."

"무례하군요."

짜증이 가득 담긴 혼잣말에 태클이 들어왔다. 딱 보기에도 고급스러운 옷을 입은 여자 쪽이었다.

평소라면 인상만 찌푸렸을 그 말이지만, 오늘은 불독으로 인내심은 바스러진 상태라는 게 문제였다.

순간 도현의 눈에 불꽃이 튀었다.

드드드드드!

"죽고 싶냐?"

"꺄아아악!"

그의 한마디에 공기가 무겁게 가라앉으며 거실을 넘어 건물째 흔들렸다.

언젠가 일어났었던 7.0의 지진처럼, 싱크대 위 식기 건조대에 엎어진 그릇들이 펑펑 터져 나갔다.

'아차, 그릇!'

지구에 돌아오고 얼마 동안 차원의 갭 때문에 힘 조절이 쉽지 않았다. 가뜩이나 힘이 약해져 적응하는 데 힘들었는데, 그때 엄마의 잔소리가 이젠 환청으로 들릴 지경이었다.

도현은 빠르게 힘을 흩쳤다.

무너질 것처럼 흔들리던 건물이 뚝 멈추며 숨이 턱턱 막힐 것 같던 공기도 본래대로 돌아갔다.

현관문 밖에서 희미한 사이렌과 사람들의 목소리가 들렸다.

잠깐 일으킨 힘 때문에 작동한 듯했다.

깨진 그릇까지 사라지자, 도현은 짜증으로 가득한 한숨을 뱉으며 이마를 쓸어 올렸다.

"니들 뭐냐?"

"노, 노르세아스 백작가의 여식 헤미오르… 쥬 노르세아스라 합니다."

"아, 아가씨의 전속 시녀 데, 데린입니다."

금발에 보랏빛 눈을 가진 여식과 진갈색의 머리에 푸른

눈을 가진 시녀. 그렇게 2명이었다.

❖ ❖ ❖

 헤미오르는 떨리는 가슴을 부여잡으며 아랫입술을 씹었다.
 아무리 생각해도 낯이 익은 얼굴이었다. 두려움에 절로 낮춰지는 시선을 오기로 들어 도현의 얼굴 뜯어보던 그녀의 얼굴이 딱딱하게 굳어 버렸다.
 '틀림없어! 책에서 봤던 그 '악'이야!'
 아카데미 도서관 깊숙이 꽂혀 있던 낡은 책, 그 첫 장에서 본 초상화와 꼭 닮은 얼굴이었다.
 독서광인 그녀는 새로운 지식 습득하는 걸 좋아했다.
 얼떨결에 자신의 지식으로 영지가 발전하게 되자, 그녀는 영지를 살려야 한다는 사명감에 불타올랐다.
 '더 큰 지식이 필요해.'
 제브라드의 지식의 보고로 알려진 아도노스 아카데미.
 허락해 주실 거라고 생각했던 아버지가 여자란 이유로 반대하자, 아카데미 입학을 위해 가출을 결심했다.
 그렇게 2년이 흘러 아버지의 병마 소식에 서둘러 집으로 가던 길에 발견한 문.
 빽빽한 나무 사이에 이질적으로 떠 있는 문에 홀린 듯 다가갔다.

정신을 차렸을 때는 이미 문 안으로 들어가 도현을 발견한 뒤였다.

떨리는 심장을 겨우 진정시킨 헤미오르는 그제야 주위를 살필 수 있었다.

낯선 공간. 밀실이라기보단 방이란 걸 깨닫자마자 방을 채운 신문물에 눈이 반짝였다.

흠칫!

그녀의 행동에 적나라하게 불쾌감을 내비치는 도현을 보고 울컥했다. 전설의 인물이 눈앞에 있다는 묘한 이질감을 느끼면서도 말이다.

'악마……'

아카데미 도서관의 낡은 책, '악의 근원 일대기'.

그 주인공이 여기 있을 줄은 누가 알았겠는가.

무엇보다 그 책이 발행된 해가 떠오르자 헤미오르는 온몸에 소름이 돋았다.

지금으로부터 300년은 더 된 책.

'정말 드래곤……?'

설마라는 생각이 들었지만, 조금 전 그 힘은 인간의 것이라기엔 너무나도 위험한 것이었다.

인간이 천재지변을 일으킬 수는 없기 때문이었다.

다시 그 기억이 떠오르자 겨우 참았던 요의가 다시 정신력을 시험하려 했다.

강한 정신력이 자신을 살릴 줄이야.

무가(武家)의 피가 이런 데서도 힘을 발휘할 줄 몰랐다.

헤미오르는 얼굴이 화끈거려 아랫입술을 살짝 깨물었다.

"당신… 우도현 맞죠?"

"악… 읍!"

그녀는 경기를 일으키는 시녀, 데린의 입을 다급하게 막았다.

마음에 들지 않으면 한 손가락으로 제국도 날린다는 전설의 주인공이었다. 한마디가 심기를 거스른다면 자신들의 목숨도 위태롭다. 계급을 막론하고 사람이라면 죽고 싶지는 않을 테니까.

헤미오르는 데린을 끌어안고 눈을 질끈 감았다. 곧 닥칠 고통에 대비했지만, 한참이 지나도 아무 일도 일어나지 않았다.

"……?"

그저 네모난 액자의 움직이는 그림에서 나오는 소리만 거실을 울렸다.

살며시 뜬 눈에는 악마가 손가락으로 귀를 파며 자신들을 구경하는 게 보였다.

'아니, 저, 저렇게 경박할 수가!'

저지른 사람은 저기 있는데, 그녀는 자신이 왜 부끄러워야 하는지 이해가 되지 않았다.

그 헌터의 자취방 문은… • 59

치를 떨던 헤미오르가 주먹을 꽉 쥐고 한마디 하려던 때, 도현이 귀찮다는 듯 손을 내저으며 몇 마디 덧붙였다.

"그래, 이번엔 뭔데? 빨리빨리 하고 가라. 나 치느님 영접해야 돼."

치느님? 영접?

앞의 단어는 무엇인지 알 수 없었지만 마지막 단어는 완벽하게 이해했다.

'세상에! 저 악마가 모시는 신이 있었단 말이야?'

어질.

세상이 핑 돌았다.

곧 신이 온다 했다.

'그렇다면 여긴 신을 모시는 신전?'

특이한 구조이지만 이 좁은 곳에 신전이란 말은 전혀 어울리지 않았다.

아니, 너무 밝고 깨끗하다고 해야 할까.

'좀 더 어둡고 음습하고 괴기스러워야 맞지 않나……?'

"설마, 니들도 밥 먹으러 왔냐?"

심각한 생각이 꼬리에 꼬리를 물어 갈 때쯤 튀어나온 식사 이야기는 헤미오르조차 벙찌게 만들었다.

갑작스레 악마의 태도가 변했다.

좀 전처럼 힘을 실어 두려움을 주는 건 아니었다.

잔뜩 경계하는 눈빛이었다.

마치 뭔가를 뺏기지 않기 위한 몸짓 같달까?

띵동!

때마침 벨이 울렸다.

"아, 이런 젠장."

도현은 구겨진 얼굴로 터벅터벅 걸어가 현관문을 열었다. 성인 남자의 상반신만 한 드론이 조용히 허공에 떠 있었다.

워프에서 얻을 수 있는 '마나석'으로 움직이는 배달 드론이었다.

그는 익숙한 손길로 드론의 몸통 뚜껑을 열어 치킨을 꺼냈다.

뜨끈하고 기름진 치킨의 향이 풍겼다.

'으음-'

까칠한 도현의 기분을 누그러뜨리기엔 충분했다.

[잘 받으셨나요? 맛있게 드시고 리뷰 부탁드립니다!]

상큼한 여성 목소리가 드론 스피커에서 흘러나왔다. 뚜껑을 닫자 드론은 드론 전용 도어를 통과해 건물 밖으로 사라졌다.

덜컹.

묵직한 현관문이 닫히자 3명 사이에 어색한 정적이 감돌았다.

"하아… 이번만이다, 이번만."

좁쌀의 인내심이 치느님 덕에 한발 양보했다.

하지만 그 의미를 모르는 그녀들은 멍청한 얼굴로 의아해할 뿐이었다.

도현은 헤미오르에게 시선을 한 번 던지고 식탁 위에 치킨 봉지를 풀며 옛 기억을 떠올렸다.

노르세아스가(家). 자신의 첫 친우의 성이자 친우의 가문.

천재 검사로 소드마스터에 올라 150년을 살았지만, 도현의 수명에 비하면 턱없이 짧았던 삶이었다.

그에 비해 저 여자는……

'뭐, 직계라기엔 시간이 너무 흘렀고 방계이려나.'

친우는 친우였을 뿐, 그의 가문을 돌봐 준 적은 없었다. 친우의 유언이기도 했고, 살아생전 친우가 입에 달고 살았던 말이기도 했다.

'은혜는 노르세아스 제국만으로도 넘친다.'

정말 최악의 고생은 다 했던 시절이기도 했고, 친우가 떠난 뒤의 슬픔으로 100년 넘게 방황했었다.

정확히 말하자면 애초 신경 쓸 여유가 없어 기억에서 잊어버렸다.

그 후 450년 만의 만남.

세팅을 끝낸 도현은 머릿수대로 앞접시와 수저를 챙기다 멈칫했다.

'아, 과도밖에 없었지.'

식칼로 눈동자가 굴렀다.

과도보단 잘 들지만 크기부터가 좀 아니었다.

진짜 나이프를 사 둬야…….

"아 씨, 내가 왜 이런 걱정까지 해야 해?"

역시 제브라드 놈들, 신이나 인간들이나 하나같이 마음에 안 든다.

투덜대며 도현은 창고 방에서 의자 2개를 꺼내 와 멀뚱히 서 있는 둘을 향해 턱짓했다.

"와서 앉아."

치느님은 1인 1닭이 생명이거늘.

몹시 마음에 들지 않았지만, 오늘만큼은 만사가 귀찮다.

멘탈 붕괴의 주범, 변태 불독.

치킨 한 조각을 오물오물 씹던 그는 변태 불독이 불쑥 떠오르자 난폭하게 치킨을 씹었다.

그놈 때문에 오늘 하루가 평탄치 못한 것 같았다.

'설마 그놈을 졸업 때까지 봐야 하는 건 아니겠지?'

갑자기 불안감이 몰려왔다.

끔찍했다.

'그냥 학과를 옮겨?'

일생일대의 고민을 하던 도현은 숨죽인 채 자신만 보고 있는 둘을 이상하게 쳐다봤다.

"이게… 뭐죠?"

조심스럽지만 목소리는 당당했다.

백작가의 영애치고는 꽤 드세다.

바스러진 인내심 탓에 조금 과격했음에도 불구하고 기죽지 않았다.

'썩 나쁘지 않은데.'

역시 피는 흐른다는 건가.

"치킨."

"치킨?"

"닭 튀긴 거. 먹어 봐."

생각보다 부드러운 말투 탓일까. 둘은 서로 시선을 마주친 뒤 결심한 듯 고개를 끄덕였다.

데린이란 시녀가 놀란 얼굴로 포크를 보다 후라이드 한 조각을 찍어 접시에 덜었다.

과도를 갖고 한 입 크기로 자른 뒤 독약을 먹듯 눈을 질끈 감고 입속에 밀어 넣었다.

"아……!"

눈이 번쩍 떠진 그녀는 황홀한 얼굴로 감탄을 연발했다.

그 모습에 헤미오르가 침을 삼키며 포크를 들었다.

나이프를 찾던 손이 멈칫했다.

"칼 없어. 어차피 순살이라 그냥 먹어도 되는데."

도현은 그렇게 말을 던지며 양념치킨 하나를 입에 넣고 와작와작 씹어 댔다.

입 주변에 묻은 양념이 피처럼 붉다.

헤미오르는 흠칫 몸을 떨며 먹어야 할지 말아야 할지 고민했다.

"아가씨, 정말… 정말 맛있어요! 어서 드세요!"

데린이 자신이 쓰던 나이프를 건넸다. 서로 격 없이 지내는 사이라 이런 행동이 불쾌하지는 않았다.

단지 그녀의 양보에 미안해졌다. 데린의 눈은 아직도 저 치킨이라는 것에서 떨어지지 못했기 때문이었다.

'미안. 하나만 먹어 보고 돌려줄게.'

눈빛 대화를 끝낸 헤미오르는 비장한 모습으로 후라이드를 크게 씹었다.

바사사삭!

"……!"

입안에서 거친 껍질이 이 사이사이로 부서져 내렸다. 그 안의 촉촉하고 탱글탱글한 살이 씹히며 감춰져 있던 육즙이 흘러나왔다.

'어, 어떻게 이런 맛이?'

세 박자가 한데 어우러져 입안을 희롱했다.

아찔한 치킨의 향미에 취한 그녀는 하나만 먹고 넘기겠다던 말을 잊었다.

두 개, 세 개, 네 개.

와작와작!

'아아, 데린이 왜 그런 표정을 지었는지 알겠어!'

그녀의 가문은 소박하고 정갈하기로 소문이 자자한 가문이었다.

의식주 모든 게 그러했지만, 유독 식사 시간엔 더 엄격했다.

과하지 않게, 약간 부족한 듯.

18년이란 세월 동안 지켜 온 그 삶의 습관 때문에 치킨의 맛은 형용할 수 없을 정도의 쾌락으로 다가왔다.

부르르.

엄청난 쾌감에 몸이 떨렸다.

마치 새로운 세계에 눈을 뜬 것만 같은 느낌.

금단의 열매 맛이 이러할까?

여운이 채 가시지 않은 얼굴은 넋이 나간 모습이었다.

'왜 귀족들이 먹을 것에 욕심을 내는지 알겠어……'

다 먹지도 못할 음식들을 끼니마다 챙기던 귀족들이 꼴도 보기 싫었는데.

하지만 이렇게 먹어 보니 그 심정이 이해됐다.

지식 습득만큼이나 높은 쾌감.

'아니, 어쩌면 더.'

그녀는 황홀한 표정으로 포크를 놀렸다.

턱, 턱.

"아?"

하얀 상자 안에 가득했던 후라이드가 어느새 밑바닥을

보였다.

그렇다면.

그녀는 옆 상자의 양념을 지그시 바라봤다.

턱!

색 때문에 살짝 거부감이 들었지만, 이제는 이것이 피가 아님을 안다.

그녀가 단단히 마음을 먹고 한 입 베어 물 때였다.

"그거 매운 건데."

"……!"

❖ ❖ ❖

"콜록, 콜록!"

1리터 우유를 다 비우고서야 입안의 불을 끈 헤미오르는 치를 떨었다.

'무슨 음식이……!'

가세가 기울었다 한들 매운 음식을 먹어 보지 못한 건 아니었다. 그렇다 해도 이렇게 매울 줄은, 아니 이런 걸 먹을 줄은 생각도 못했다.

그렇지만…….

'너, 너무 맛있었어!'

이것이 그가 말했던 치킨… 아니, 치느님이란 것인가.

도현이 흘리듯 했던 말이었음에도 불구하고 머리가 좋은 그녀는 단번에 기억해 냈다.

"영접······."

감히 음식에 붙일 만한 단어는 아니었지만, 이번만큼은 그녀도 고개를 끄덕였다.

한 번도 안 먹은 사람은 있을지 몰라도 한 번 먹으면 끊을 수 없는 마력을 가진 음식.

'이런 음식을 누가 만든 걸까?'

그녀는 곰곰이 생각해 보았다.

요리사라거나 당연하게 있어야 할 사용인 하나 없는 곳.

그러고 보니 집사라든지, 시종조차 보이지 않았다.

게다가 치느님이라는 이 음식의 그릇 또한 특이했다.

'도대체 이곳은 어딜까?'

순간 도현이 사는 이곳이 너무나도 궁금해졌다.

"노르세아스는 어떻지?"

여태 말없이 지켜보던 도현이 그녀에게 물었다.

헤미오르는 도현의 눈을 똑바로 응시했다. 무례하다 할지 몰라도 무슨 의도인지 알아야 했다.

협박? 경고?

무서운 생각이 머릿속을 헤집었지만, 그의 마음을 읽기엔 그녀의 인생 경험이 얕아 알 수 없었다.

누그러진 그녀의 목소리에는 약간의 호의가 묻어나왔다.

"가문을 아시나요?"

"뭐, 조금은."

그를 알게 된 지 이제 1시간.

책에서 다뤘던 그의 모습과는 너무나도 달랐다.

'아니, 그 힘은 책에 나온 대로 같지만……'

상황이 어떻든 이쪽이 침입자이니, 그 정도로 끝난 건 다행인 거다.

'그리고 치느님.'

이렇게 황홀한 음식까지 나누어 주었다.

거기까지 생각하자 혼자서 한 상자를 다 먹어 버렸던 것까지 함께 떠올랐다.

헤미오르는 부끄러움에 자신의 치맛자락을 작게 움켜쥐었다.

어디서부터 어디까지 이야기해야 할까.

무가(武家) 노르세아스.

가문의 역사는 700년에 달했지만, 실제 전성기는 450년 전 페론드 카 노르세아스가 왕권을 쥐었을 때였다.

그가 죽은 뒤 소드마스터는 배출되지 못했다. 몰락은 당연했다.

무력으로 흥했던 나라는 그렇게 무력으로 망했다.

남은 것이라고는 허울뿐인 작위와 남작령에도 미치지 못하는 영지가 전부.

그마저도 몬스터와 척박한 땅으로 매년 죽어 가는 곳이었다.

주변 귀족들은 조롱을 담아 말했다.

몬스터를 달래기 위한 먹이 창고라고.

머지않아 노르세아스가는 지워질 거라고.

한참이나 주저하던 그녀는 틀어막힌 목을 겨우 쥐어짰다.

"…그저 작은 영지를 갖고 있을 뿐입니다."

머리면 머리, 장사면 장사, 건강한 육체까지 모든 게 완벽하다 할 정도로 뛰어난 가문이었지만, 제일 큰 문제가 있었다.

오러로드.

무가이면서 태생적으로 오러로드가 망가진 가문이었다.

저주받은 피의 무가.

왕족이었던 이들이 살아남을 수 있었던 이유도 검을 버렸기 때문이었다.

"그렇군."

헤미오르는 자신이 책에서 본 그 사람이 이 사람과 동일 인물이라면, 그 힘도 사실이라면 당장에라도 도현의 다리를 붙잡고 애원하고 싶었다.

체면이고 자존심이고 다 집어 던지고 말이다.

하지만…

'빌린 힘은 가문의 힘이라 할 수 없어.'

모든 인내심을 끌어 올려 꾹 눌렀다.

가문을 온전히 지키면서 영지를 발전시켜야 한다. 몬스터도 몰아내고 귀족 사회에서 만만하게 보이지 않도록 목소리도 낼 수 있어야 했다.

그러려면 일시적인 힘이 아닌 유지할 수 있는 가문의 힘이어야 했다.

'페론드 조상님의 자손들만 있었어도……'

감쪽같이 사라진 그들만 있었더라도 이렇게 무너지진 않았을 텐데.

하나하나가 아쉬운 그녀는 지금이라도 도현에게 부탁하고 싶었지만, 겨우 잡은 이성이 현실을 직시하라 말한다.

'내가 할 수 있는 것.'

다양한 지식을 쌓아 그것을 바탕으로 가문과 영지민을 지키는 것.

미래가 불안하지만, 자신이 할 수 있는 방법으로 최선을 다할 뿐이다.

선대가, 선선대가 그랬듯이.

조용히 입술을 씹는 헤미오르의 눈이 붉어졌다.

"아직 저주를 풀지 못했나 본데."

"어, 어떻게 그걸……?"

동그랗게 떠진 헤미오르의 눈에서 맺히지 못한 눈물이 흘러내렸다.

"걔도 그랬지."

'…선대와 친분이 있었단 말이야?'

아아, 선대님!

그녀는 충격으로 힘이 빠져나가며 몸이 휘청거릴 지경이었다.

이 사실이 제브라드에 알려지면 자신의 가문은 그대로 지워질지도 모른다.

어차피 무너지기 직전인…….

'아니야. 내가 꼭! 꼭…….'

초 단위로 표정이 변하는 헤미오르를 보던 도현은 인상을 썼다.

귀찮고 거슬렸다. 그런데도 짜증보단 한숨이 먼저 나왔다. 마음이 복잡했다.

'분명 저주를 해결했다고 들었는데.'

10년 묵은 체증이 내려간 듯 환하게 웃던 친우 놈의 얼굴이 떠올랐다.

'시간이 흐르는 동안 유실이라도 된 걸까…….'

1분의 고민 끝에 입을 열었다.

"뭐, 처음이자 마지막으로 뺵 짓 좀 하지."

도현은 인벤토리에서 엄지 크기의 병 하나를 꺼내 헤미오르에게 던졌다.

그가 제브라드에서 깽판을 쳤을 때 시비가 붙었던 천사

의 피였다.

"이게 뭐죠?"

"성혈."

"성혈?"

"천족의 피. 모든 저주를 풀어 주지."

"……!"

'저, 저주를 안다고?'

그녀는 손에 쥔 작은 포션을 살폈다.

유리로 된 병 안은 투명했다. 흔들림에 따라 반짝이지 않았다면 빈 병이라고 생각했을 정도였다.

'받아도 될까…….'

고작 이 한 병이 저주를 풀어 준다니.

말도 안 된다.

"마시면 돼."

그 목소리가 악마의 속삭임처럼 달콤했다.

'역시 악마야. 악마의 유혹에 넘어가면 안 돼!'

안 되는데. 안 되는데…….

흔들리는 가운데 데린이 그녀의 손 위로 자신의 손을 포갰다.

"아가씨."

부드럽게 웃는 미소와 따뜻한 체온이 마음을 진정시켜 주었다.

'그래, 어차피 끝은 정해져 있었잖아?'

헤미오르는 자신의 한계를 잘 알고 있었다.

여성이 진출할 수 없는 사회. 출세했다 한들 어느 왕의 첩으로 팔려 가면 그게 여성이 설 수 있는 제일 높은 자리였다.

그럴 바에야 혀를 깨물고 죽겠다고 생각했었다.

헤미오르는 마음을 다잡았다. 심호흡을 하고 조심스럽게 병뚜껑을 열어 입에 댔다.

꼴깍.

미적지근한 액체가 목을 타고 넘어갔다. 맛도, 향도 없었다.

아무 효과도……?

"읏!"

배 속이 뜨겁게 달아올랐다. 무거웠던 몸이 깃털처럼 가벼워져 허공을 부유하는 듯했다.

'아……!'

눈앞에 시리도록 밝은 은하수가 펼쳐졌다.

강하게 박동하는 심장이 느껴졌다. 뜨거운 피가 머리에서 발끝까지 거침없이 곳곳으로 뻗어 나갔다.

눈을 한 번 깜빡일 사이, 그렇게 치솟은 피는 어느새 심장으로 돌아왔다.

"오러로드……."

그려 보라면 당장에라도 그릴 수 있는 그 길이 아무런 고통도 없이 18년 만에 개방되었다.

헤미오르는 한참이나 숨죽여 울다 눈물을 닦고 일어났다.

"감사드려요. 정말… 감사드려요."

그녀는 자신이 할 수 있는 최대한의 성의를 담아 도현에게 정중히 인사했다.

도현이 묵묵히 고개를 끄덕였다.

"성혈은 네 대에서부터 저주를 씻어 줄 거다. 그 위는 어쩔 수 없어."

그것만 해도 어디인가. 노르세아스가 다시 일어설 수 있다니!

뒤섞인 감정이 가슴 깊은 곳에서 울컥 올라왔다.

악마라 지칭하던 그가 사실은 은인이었다니!

'실은 악이 아닌 건 아닐까……?'

제브라드에 알려진 악의 화신과는 거리가 먼 사람이다.

어쩌면 제브라드 때문에 추락한 신인 건?

'잠깐, 은인의 성함이…….'

헤미오르는 그가 누군지 추측했을 뿐, 이름을 직접 들은 적이 없다는 걸 깨달았다.

거기까지 생각한 그녀는 조심스럽게 입술을 열었다.

"성함을 여쭈어도 될까요……?"

시선을 마주하고 있지만 도현은 여전히 무표정했다. 그

녀는 조용히 기다렸다. 하지만 대답은 없었다.

끼이익.

적막한 가운데 방문이 열렸다.

문밖은 깊은 밤 숲속의 작은 공터였다. 타오르는 모닥불 옆으로 마차와 어벙벙한 얼굴의 마부가 보였다.

"아, 아가씨?"

갑옷이 부딪쳐 철컥거리는 소리가 들렸다. 기사 2명이 사색이 된 얼굴로 문밖에서 자신들을 보고 있었다.

헤미오르는 눈을 감았다 떴다.

'돌아갈 시간이구나.'

아쉬운 시선이 도현을 향했다.

아직 아무 말 없이 자신을 보는 그가 야속했다.

그녀는 도현에게 다시 정중하게 인사를 건네고 돌아섰다. 데린이 다가와 옆에 섰다.

'이 문을 나가면 다시 돌아올 수는 없겠지.'

잠시 머문 이곳에서 나가야 한다는 사실이 너무 아쉬웠다.

묵묵히 앉아 자신을 보는 도현도, 도현 옆 테이블에 놓인 빈 상자도……

'치킨……'

그리울 거다. 한 번만 더 먹고 싶다며 타는 갈증을 느낄지도 모르겠다.

그만큼, 그도 절대 잊을 수 없다.

'돌아가야지.'

해야 할 일이 잔뜩 쌓여 있다.

예전이라면 그 무게에 질려 버렸겠지만 지금은……

그녀는 처음으로 환하게 미소 지었다.

몸을 가득 채우는 이 힘.

오러로드는 이 시간에도 쉼 없이 돌고 있었으니까.

'이제 시작이야.'

마음을 다잡고 문밖으로 한 발 내디뎠을 때, 등 뒤에서 무심한 목소리가 들렸다.

"검이든 마법이든 게을리하지 마. 제국은 되찾아야지?"

놀란 눈으로 고개를 돌리자 그가 시선을 마주하며 씩 웃는다.

"내 이름은 우도현. 한때 트론이라 불리기도 했지."

그녀의 입이 벌어졌다.

트론! 페론드 카 노르세아스의 둘도 없는 친우이자 황제의 검!

"동일 인물?"

당황한 얼굴로 몸을 돌려 도현에게 다시 가려고 했다.

"아가씨!"

데린이 그녀의 팔을 잡았다.

발을 떼자마자 문밖의 풍경이 흐려진다. 다시 발을 딛자 선명해졌다.

헤미오르는 입술을 씹었다.

"당신… 아니, 트론 님! 가문의 백부로 모시겠어요. 그리고 언젠가… 언젠가 다시 기회가 된다면… 꺅!"

그녀의 몸이 무형의 기운에 밀려 문밖으로 떨어졌다.

말을 끝마치지 못한 채 멍하니 있던 그녀를 뒤로하고 문이 닫혔다.

달칵.

[헤미오르 쥬 노르세아스]

18세/여

파자트 카 아도노스의 7번째 첩→아도노스 제국의

최초 여황

소드마스터, 물의 정령왕 헤튜노누스의 반려

체력:SS 힘:S

민첩:S 행운:S

마나:SS+ 신앙:SSS+

친화력:SS

특이 사항:아도노스 제국의 개국 신교로 우도현교를

지정합니다.

"뭐?"

도현은 새롭게 뜬 창에 황당함을 감출 수 없었다.

이어서 뜬 알림창에는 할 말을 잃어버렸다.

[다음 주부터 한 주의 방문자 수가 늘어납니다.]

[방문자 수 증가 1명(총 3명)]

[현재 방문 가능자 수:0]

[일주일 스코어:S]

[보상으로 백 타이머가 주어집니다.]

백 타이머(Back Timer)

방문자들이 차원-지구(대한민국)에 머무를 수 있는 시간이 문 위에 기재됩니다.

손실된 능력치가 1퍼센트 복구되었습니다.

현재 능력치:51.6퍼센트(복구된 능력치 포함)

제2장

별로 안 궁금한데?

그 헌터의
자취방

"도대체 이게 뭐야?"

황당함에 혹시나 가상현실 게임을 하고 있는 건 아닌지 착각이 일었다.

"일단 남은 날 동안은 안 들어온다, 이거지?"

빠르게 정신을 수습한 도현은 현실을 수긍했다.

차원의 문을 넘어 지구로 돌아올 때 모든 능력을 잃을 각오는 당연히 하고 있었다. 도현의 기억 속 지구란 기계 중심으로 발전한 세계였기 때문이었다.

그런 세계에 검이나 마법은 이레귤러나 마찬가지.

'이것도 안 된다면 어쩔 수 없고.'

시간적 개념이 맞을 거란 기대도 없었다. 그저 살아 계신

부모님의 얼굴을 한 번만 볼 수 있다면 그것만으로도 족했다.

오히려 절반이라지만 그것만이라도 남은 게 어딘가. 깎인 능력임에도 생활엔 전혀 지장이 없었다.

오히려 세상이 바뀐 게 더 어이없다고 할까.

"거기에 시스템 창이라."

마치 이 세상이 가상현실이 된 기분이다.

"뭐, 애초에 인벤토리를 제브라드에서 사용할 수 있었던 것도 웃긴 일이긴 한데."

하필 독립하자 기다렸다는 듯이 나타나는 것도 웃긴다.

아무튼.

"난 그저 백수가 꿈이라서."

몸을 움직이는 건 제브라드에서 지겹게 했다.

솔직히 아무것도 안 하고 취미 생활이나 하며 지내고 싶지만, 부모님 잔소리에 그것도 쉽지 않아 문제이긴 하다.

못마땅한 시선이 방문을 향했다.

오는 놈들을 족족 쫓아 버릴 수도 없고.

한숨이 절로 나왔다.

그러다 문득 생각이 떠올랐다.

페론드 카 노르세아스.

그가 유일하게 마음을 열었던 그 녀석.

도현이란 이름이 어렵다며 투덜대기에 댄 이름이 트롤

이었다.

제브라드에 떨어지기 전 게임에서 쓰던 닉네임.

'무슨 몬스터 이름을 써?'

성질을 내며 트론이란 이름을 지어 주었다.

'아마 그때가 노예 상인한테 잡혔을 때였지?'

독에 중독되어 옴짝달싹 못하던 그에게 밑져 봐야 본전인 마음으로 건넨 게 인벤토리의 포션이었다.

모든 상태 이상 해제.

그게 피의 저주까지 포함될 줄은 몰랐지.

그렇게 전설이 시작되었다.

피식.

그땐 그게 그렇게 괴롭고 힘든 일이었는데.

지금은 그저 아름답게 포장된 추억이 되었다.

도현은 습관적으로 냉장고를 열어 캔 맥주를 꺼냈다.

치익, 딱!

시원한 소리가 거실을 울리며 하얀 거품이 입구 위로 얕게 올라왔다.

익숙한 탄산이 목을 두드렸지만 뭔가 시원섭섭하다. 적막한 거실에 TV의 방청객 웃음소리가 울려 퍼졌다.

"쩝."

괜히 옛 추억을 꺼낸 건지 입안이 텁텁했다. 도현은 남은 맥주를 말끔히 비우고 쓰레기통에 던졌다.

아직 치우지 않은 식탁이 눈에 들어왔다.

그러고 보니 어제 먹었던 반찬들이 마지막이었던가?

"마트 좀 다녀와야겠다."

침울했던 눈이 7살짜리 아이처럼 반짝였다.

등교를 제외하면 한 달 만의 외출이었다.

✥　✥　✥

제브라드에서 500년, 지구의 햇수로는 5년.

그 시간 동안 지구에서는 많은 일이 있었지만 변함없는 것들 중에서 제일 눈에 띄는 건 당연히 마트였다.

흔한 동네 슈퍼가 됐거나 망했을 거라고 생각했던 마트는 오히려 몇 배나 커졌고, 선반에는 다양한 물건들로 빈 자리를 보기 힘들 정도였다.

둘러보는 데만 꼬박 3시간.

돌아온 뒤로 처음 마트에 갔을 때의 흥분은 아직도 가슴을 두근거리게 만들 정도였다.

그 이유는 당연히 먹을 것.

제브라드는 육류 위주의 식생활이다 보니 제아무리 고기가 좋다 한들 몇백 년 동안 먹어 댄다면 물릴 수밖에 없다.

게다가 요리라는 관념 자체가 약했던 세상이기도 했고, 넘어갔던 초기에는 몬스터 고기를 더 많이 먹었던 도현에게는 제브라드의 음식 자체가 고문에 가까웠다.

 도저히 안 되겠다 싶어 만들어도 봤지만, 독한 몬스터의 고기에 전 입안이 평범한 음식에서 맛을 느끼기에는 역부족이었다.

'그나마 비슷하게 만들어 냈던 녀석이 있긴 했는데……'

 유희의 삶이 전부인 드래곤, 그중에서도 바다의 수호자라 일컬어지는 블루 드래곤.

'요리로 제브라드를 정복하겠다!'

 어이없는 그 목표에 도현은 잘됐다 싶어 이것저것 요리를 요구했고, 대한민국의 요리를 비슷하게 만들어 내는 기염을 토하기도 했었다.

'그놈은 잘 살고 있겠지……?'

 뭐, 알아서 잘 살고 있을 거다.

 도현은 카트 하나를 끌고 과자 코너로 들어섰다. 그리고 보이는 과자를 마구 쓸어 담기 시작했다.

 차곡차곡 쌓이는 과자 산에 주위 시선이 하나둘 늘어나기 시작했다.

"다음은 채소."

 야채 코너로 옮겼다. 밑반찬을 만들기 위해 냉장 선반을 훑었다. 익숙한 채소와 지구의 것이 아닌 채소들로 다양했다.

"키오르풀? 부추 같은데?"

 워프가 생겨나고서 제일 많이 변한 게 있다면 이런 것들이었다.

도현이 견학으로 들어갔던 워프 말고도 초원이나 산으로 이루어진 워프들도 많았다.

그곳에서 채취한 먹을거리는 모든 안정성만 통과하면 이렇게 일반 마트에서 판매한다.

맛도 좋고 빨리 자랐다. 무엇보다 장기 보관이 가능하다는 게 큰 장점이었다.

게다가 워프 안은 계절이 고정이니 수확할 사람만 있다면 유통이 끊길 일은 없었다.

그런 이유로 옛 채소들이 사라지고 있는 형편이긴 했다.

"고라타의 알이라."

하얀 알이 보였다. 달걀보다 1.5배 크지만, 가격은 절반밖에 안 된다.

한참 둘러본 도현은 미간을 좁혔다.

"죄다 이런 거밖에 없어?"

엄마가 해 주던 건 예전 맛 그대로인데, 왜 익숙한 채소들이 없는지 이해가 안 갔다.

"총각, 찾는 거 있어?"

한참을 고민하고 있으니 아주머니 한 분이 슬쩍 말을 걸어왔다. 브랜드 이름이 적힌 앞치마, 좀 더 뒤를 보니 두부의 상표와 같았다.

"그냥 반찬 좀 만들려고 하는데 뭐가 뭔지 잘 모르겠네요."

"그렇지? 요즘엔 워프에서 나오는 상품들 때문에 정신이 하나도 없어."

아주머니가 손뼉 치며 호들갑을 떨더니 그나마 익숙해 보이는 채소를 가리켰다.

"저기 애호박이랑 된장하고 고기 좀 사서 된장찌개는 어때? 두부도 넣고 끓이면 밥도둑이 따로 없는데."

마지막으로 두부를 가리켰다.

도현이 말없이 아주머니만 보자 아주머니는 얼굴을 붉히더니 손사래를 쳤다.

"아니, 팔려는 게 아니라- 슬슬 더워지니 입맛도 없을 테고, 우리 아들 생각나서 그랬지! 맛있어. 총각, 하나 먹어 볼래?"

아주머니는 엄지손톱만 하게 썰어 둔 두부를 이쑤시개에 꽂아 도현에게 건넸다.

"잘 먹겠습니다."

도현은 무덤덤한 얼굴로 받아먹었다.

우물우물 입에 굴려 본다. 고소한 백태의 맛이 느껴졌다. 입안에 쏠리는 질감도 산뜻했다.

평범하지만 제브라드에서 꽤 그리워했던 그 두부 맛이다.

그래서 돌아오자마자 엄마가 해 주던 된장찌개를 한 달 동안 해 달라고 졸랐었지.

역시 두부는 그냥 먹어도 맛있다.

"두부 살게요."

시식 두부를 준 뒤로 딱히 관심을 두지 않던 아주머니가 반색했다.

"어머, 정말? 서비스 팍팍 붙여 줄게. 어떤 거?"

도현은 검지를 들어 냉장 선반을 따라 쭉 그었다.

"저기서 저기까지요."

털털털털, 투둑.

천천히 밀고 가는 카트에서 산처럼 쌓인 상품이 바닥에 떨어져 굴렀다.

"카트가 이렇게 작아서야."

도현은 떨어진 두부를 다시 카트에 넣으며 투덜댔다.

'차라리 계산하고 다시 들어오는 게 나으려나?'

그러기엔 너무 귀찮다.

고민에 빠졌을 때, 검은 양복을 쫙 빼입은 사내 3명이 다가와 선글라스를 벗으며 물었다.

"도현 도련님 되십니까?"

'도련님?'

뭔가 불안했다.

이미 복장만으로 힐끔거리는 시선이 배로 늘었다.

"저희는 블랙홀에서 왔습니다."

블랙홀. 아버지가 이끄는 회사.

띠리리.

마침 휴대폰이 울렸다. 엄마였다.

(아들, 직원들 도착했지? 우리 아들 다 컸네? 혼자 장 보러도 가고. 힘들게 장 보지 말라고 직원 좀 보냈어. 장 잘 보고 나중에 전화 줘, 아들~)

"……."

할 말만 하고 끊긴 휴대폰을 보다 인기척에 서 있는 사내들을 바라봤다.

둘은 이미 새 카트를 가져왔고, 손이 빈 사내가 도현에게 몸을 살짝 숙이며 물어 왔다.

"카트를 저에게 맡겨 주신다면 큰 영광으로 알겠습니다."

도현은 이마를 짚었다.

헌터는 만능이다.

워프에서 사냥으로 돈을 번다거나, 강인한 육체로 힘들고 위험한 일을 한다거나, 서비스직으로 일을 할 수도 있었다.

지금처럼.

"총 3,582,821원입니다."

도현의 카트를 받아 갔던 남자가 황금색 카드를 캐셔 직원에게 건넨다.

나머지 2명이 계산된 물건들을 하나씩 잡자 물건이 증발했다.

인벤토리에 넣었을 때 생겨나는 현상이었다.

"편하기는 한데."

마트 직원, 손님 할 것 없이 모든 시선이 집중된 상태였다.

지금 시각 8시 21분. 저녁을 먹고 운동 삼아 온 사람들로 마트 안은 더 붐벼 갔다.

아무리 철판을 깔았다 해도 의도적으로 시선을 끈 적이 없던 도현은 점점 낯이 뜨거워졌다.

'아, 딱 한 번 있구나.'

지구로 돌아오기 위해 제브라드를 뒤집었을 때.

그땐 물불 안 가렸던 터라 애초에 신경 쓰지도 않았던 부분이다.

선글라스 3인이 박자에 맞춰 물건을 인벤토리에 수납한다.

그 모습이 너무 절도 있고 박력 넘쳐 시선 속에서 수군거림이 커져 갔다.

'인벤토리에 물건 넣는 데 사명감 같은 건 부여하지 말라고! 좀!'

게다가 씩씩한 몸짓에 도현은 결국 얼굴을 돌렸다.

'나는 모르는 사람들이다. 그래, 나는 모르는 사람이야……'

"도련님, 정리 끝났습니다. 주차장에서 차를 가지고 오겠습니다. 마트 입구에 카페가 있으니 거기서 기다려 주시겠습니까? 최대한 빨리 모시러 가겠습니다."

긴가민가하던 시선들이 꽂히기도 전에 도현은 이미 사

라지고 없었다.

지이잉, 지이잉!

공식적으로 숨만 쉬어도 되는 주말. 한참 퍼질러 자고 있던 도현은 잠을 깨우는 벨 소리에 인상을 쓰며 깼다.

휴대폰 액정을 확인하니 아빠다.

"…여보세요?"

잔뜩 잠겨 갈라진 목소리가 흘러나왔다.

(아들아, 아직 자고 있었니? 오늘 결혼식 잊은 건 아니지?)

"결혼식?"

기억을 더듬었다.

며칠 전 동갑내기 사촌의 결혼식이 있다는 말에 대충 고개를 끄덕였던 기억이 있었다.

'근데 걔는 26살밖에 안 됐으면서 무슨 결혼이야?'

귀찮다. 그렇다고 잠수 타는 건 예의가 아니었다.

애써 정신을 챙기며 기억을 더듬었지만 날짜도, 시간도, 장소도 떠오르는 게 없었다.

"아, 근데 몇 시였더라?"

(식은 11시다. 시간 맞춰 꼭 와. 안 오면…….)

갑자기 목소리가 멀어졌다. 높은 톤으로 뭐라 말하는 목소리가 작게 들렸다. 엄마 목소리 같은데.

(엄마가 너 시간 맞춰 안 오면 일주일 동안 말단으로 굴린다는데?)

"나 학교 가야 하는데?"

(아, 모르는구나? 워프 실습으로 면제돼.)

"어······?"

(그러니까 빨리 와라. 끊는다.)

통화가 끊기고 확인한 시각은 9시 57분.

씻고 준비하는 데 5분이라 쳐도 여기서 결혼식장까지 택시 드론으로 1시간이 넘는 거리다. 드론을 기다리는 시간까지 하면 얼추 2시간.

결국 뛰어가야 한다는 소리였다.

엎드린 채로 베개에 얼굴을 파묻고 있던 도현은 발작처럼 소리를 질렀다.

"으아아아! 주말에 좀 쉬자고오오오!"

❖ ❖ ❖

리마스 서울 호텔. 고위급 인사도 예약하려면 최소 6개월 전에 해야 겨우 가능한 7성급 호텔이었다.

평일에도 붐비지만, 주말이라면 그 몇 배가 되는 이곳은 예식장으로도 꽤 유명했다.

예식 홀이 있는 50층.

오늘 하루 한 층 전체가 두 사람의 예식으로 비워진 날이다.

공식 헌터 랭킹 부동 1위 차도식과 2위인 하지현의 결혼식이 거행되는 날.

한 층 전체를 비웠음에도 많은 헌터들과 유명 인사, 지인들, 그리고 이 소식을 취재하려는 기자들로 예식장은 발 디딜 틈 하나 없었다.

잔잔하고 활기찬 음악이 층 전체에 울리는 가운데 여기저기서 웃음이 떠나가지 않았다.

특히 신부 대기실은 많은 여인들이 꽉 채우다 못해 입구 앞에도 가득한 상황이었다.

"아휴, 신부가 너무 곱네요. 차 헌터님 입이 귀에 걸리셨어요."

어느 하객의 한마디에 신부 측 어머니, 하미인은 입을 살짝 가리고 웃었다. 그러는 사이에도 신부 대기실은 밀려오는 다른 하객들의 사진 촬영에 정신이 없었다.

그러길 2시간.

미소 지은 입가가 떨려 올 때쯤, 예식장 직원이 신부 대기실로 들어와 손님들을 내보내기 시작했다.

"신랑님 입장할 시간이에요. 신부님은 대기해 주세요."

그녀는 살았다는 생각과 동시에 시무룩해졌다.

"아, 도현이는 왜 안 와? 사진 찍어야 하는데."

신부, 하지현은 발을 동동 굴렀다.

사촌이지만 친구처럼, 남매처럼 지내던 도현이 행방불명된 지 5년.

암묵적으로 가망이 없다는 말에 충격받았던 그녀는, 그가 돌아왔다는 소식을 듣고 당장 얼굴을 보고 싶었지만… 헌터라는 직업상 그렇게 쉽게 시간을 낼 수가 없었다.

'내가 얼마나 보고 싶었는데!'

보고 싶었는데…….

그랬었는데!

자신도 모르게 부케를 쥔 손에 힘이 들어갔다.

와작!

"앗!"

구겨지긴 했지만 다행히 손에 잡힌 부분만 홀쭉해졌다. 느슨하게 쥐면 티는 안 날 거라 안도의 한숨을 작게 쉬는데, 신부 대기실로 들어온 여직원이 그녀를 재촉했다.

"신부님, 가시죠!"

하지현은 마지못해 일어났다. 떨어지지 않는 걸음을 뭉그적거리며 떼던 그때, 익숙한 목소리가 들렸다.

"후우, 찌롱, 나왔다."

아!

동그랗게 떠진 그녀의 눈이 신부 대기실 입구로 향했다.

거기에는 뭔가 삐딱했지만 몇 년 만에 봐도 변함없는 얼굴이 있었다.
"싸가지!"
그녀는 정말 오랜만에 환하게 웃었다.

"신부 입장!"
찰칵찰칵찰칵찰칵!
수십 대의 카메라가 일제히 플래시를 터트렸다.
파노라마처럼 이어지는 플래시 세례 속에서 하지현은 환한 미소를 지으며 도현의 아버지, 우대성의 손을 잡고 천천히 걸었다.
우아하고 조신한 걸음이 나비 한 마리가 날아가는 듯했다.
이내 그녀의 손은 신랑인 차도식에게 넘겨졌다.
파바바바바박!
조금 전보다 3배는 될 법한 플래시가 터져 나왔다. 보석처럼 반짝이던 샹들리에 조명조차도 빛을 잃을 정도였다.
제대로 눈을 뜨기에도 힘든 그 속에서 신랑, 신부는 정말 행복한 얼굴로 단상을 걸어 주례자 앞에 섰다.

뚱한 얼굴로 서서 예식을 보는 도현에게 엄마가 말했다.
"그래도 시간 맞춰 왔네?"
"협박한 게 누구신데."

삐딱한 대답에도 엄마는 호호, 웃을 뿐이었다.

"그렇게라도 안 하면 안 올 생각이었잖아? 내 배로 낳은 자식인데 설마 내가 널 모를까 봐?"

그래, 너무 잘 알아서 탈이긴 하다.

계속 뚱하게 있으니 엄마가 화제를 돌렸다.

"지현이 너무 예쁘지 않니?"

도현은 픽 웃었다.

"쟤가? 당연히 예뻐야지. 신부 화장 두께가 얼만데. 그거 하고도 못나면 진짜 못생긴 거잖아."

계속 삐딱선을 타는 아들을 빤히 쳐다보던 임혜정은 진지하게 말했다.

"도현아, 억지로 불러서 왔다지만 계속 이러고 있으면 지현이가 슬퍼할 것 같은데. 너희 둘, 사촌이라지만 친남매라고 할 정도로 가까운 사이였잖아?"

"……."

도현은 입을 다물고 주례자 앞에 서 있는 둘을 계속 보고 있었다.

솔직히 도현은 기분이 나쁜 건지, 짜증 난 건지, 들뜬 건지 알 수 없었다.

제브라드에서 보낸 시간이 너무 긴 탓이었을까. 살기 위해, 제국을 건설하기 위해 바빴던 그 시절, 솔직히 집 생각은 희미해져 버렸다.

페론드를 보내고, 그 슬픔으로 지냈던 200년.

새로운 힘의 경지에 들어서고, 물밀듯 밀려오는 자신의 본래 기억에 정신을 수습할 수 없었던 도현은 깽판을 치기 시작했었다.

그렇게 지구, 대한민국에 돌아왔지만……

사실은 가족과 주변 사람들을 머리 아닌 가슴으로 받아들이는 게 아직도 서툴렀다.

짝, 짝짝짝짝!

멍하니 자아 성찰을 하던 도현은 홀을 울리는 박수 소리에 신랑, 신부의 뒷모습을 쓸쓸하게 보았다.

"고태환 대통령님의 뜻깊은 주례사, 정말 감사드립니다."

가라앉은 눈으로 도현을 보던 임혜정은 사회자의 목소리에 단상으로 향했다.

"그럼 이제부터 신부를 향한 신랑의 뜨거운 마음을 알아볼 차례군요? 먼저 체력부터 시작하겠습니다!"

사회자가 눈을 반짝이며 악동 같은 웃음을 입에 걸쳤다.

"평범한 스타일은 가라! 헌터 부부를 위한 이벤트가 시작됩니다. 자, 들어오세요!"

말이 끝나기 무섭게 단상 양옆으로 반짝이는 투명한 돌을 든 사람들이 들어왔다.

워프에서 캘 수 있는 광석 중 하나인 스타스톤이었다.

"예, 스타스톤입니다. 무병장수의 대표적인 돌로 더럽…

별로 안 궁금한데? • 99

흠흠, 무척 무거운 게 흠이죠."

스타스톤은 마나를 흡수하기 시작하면 100톤까지 무게가 늘어나는 단점이 있었다.

"신부님? 스타스톤 위에 앉아 주시겠습니까?"

무엇을 하는지 몰랐던 사람들의 눈에 설마 하는 생각이 스쳤다.

거무튀튀한 판 위에 스타 석판이, 그 위에 신부가 수줍어하며 엉덩이를 살짝 걸쳐 앉자 사회자가 능글능글한 웃음을 지었다.

"자, 신랑은 석판째 들고 다리 굽히기를 시작하겠습니다. 하나에 굽히며 '남자의 생명은!', 둘에 일어서며 '허리!'를 외쳐 주셔야 합니다. 마나 쓰시면 반칙인 거 아시죠? 시작합니다. 하나!"

신랑이 무거운 석판을 들고 무릎을 굽혔다. 둘에 번쩍 일어난다.

"오오오!"

하객들이 감탄을 연발했다.

"아, 이거 안 되겠군요. 너무 강하니 재미가 없습니다. 이럴 줄 알고 제가 도와주실 분들을 모셨죠! 어서 나오세요!"

신부 측 하객 쪽에서 여성 2명이 일어서 나왔다.

"헌터계의 걸크러쉬! 박효린 헌터님과 이수이 헌터님! 중력을 다루는 헌터님들이시죠! 자, 다시 가겠습니다!"

신랑의 몸에 압력을 가했다. 방금까지 환한 웃음을 짓던 얼굴이 살짝 굳었다.

 이번에도 세 번까지는 수월하게 했지만, 그 뒤부터 신랑의 얼굴이 새빨개졌다. 부들부들 떠는 다리와 끙끙대는 소리에 하객들이 와하하 웃어 댔다.

 그걸 뚱한 얼굴로 보던 도현의 표정은 비틀렸다기보다 뭔가가 마음에 들지 않는 모습이었다.

 모두가 웃고 축복하는 이 풍경이 자신과 동떨어진 느낌이었다.

 '뭐가 마음에 안 드는 걸까?'

 이 분위기?

 모두가 웃고 있는 모습이?

 신부가 어찌할 줄 몰라, 사회자에게 눈치를 팍팍 준다.

 그 모습조차 하객들은 웃긴지 고개를 끄덕이며 몇몇은 다음을 외친다.

 당황하는 신부, 하지현의 얼굴이 도현의 시야를 가득 채웠다.

 "너 여동생 뺏겼다고 생각하는구나?"

 웃음기 가득한 임혜정의 목소리에 고개가 홱 하고 돌아갔다.

 "여동생? 무슨 말도 안 되는……."
 "우리 아들, 시스콤이 있는 줄 몰랐는데?"

꺄르륵 웃는 엄마의 모습에 도현의 이마 위로 힘줄이 돋았다.

사촌이라서, 자신이 6개월 생일이 빨라 오빠, 동생 하는 것이지 어차피 동갑인데, 시스콤이라고?

한마디 더 하려는데 뜨거운 시선이 느껴졌다.

고개를 돌려 보니 신랑, 신부가 부둥켜안고 애쓰고 있었다.

품 사이에 바둥거리는 슬라임 한 마리가 보였다.

신랑의 차가운 시선이 아주 찰나에 도현과 부딪쳤다.

"하아?"

엄마와의 대화를 다 듣고 있었나?

헌터니까 들렸을지도.

'그렇다고 그런 썩은 눈으로 날 봐?'

도현의 한쪽 입꼬리가 올라가며 진한 웃음을 지었다.

하지현이 봤다면 몸을 부르르 떨며 '걸린 놈은 죽었다!'라고 외칠 법한 그런 웃음이었다.

✧ ✧ ✧

하지현, 그녀가 도현과 남매로 불리게 된 건 어렸을 적 사고 때문이었다.

10살의 가을. 그러니까 친척들과 시골에 벌초하러 갔을 때였다. 날짜를 맞춰 마을 전체가 함께 움직이게 됐는데,

거기서 문제가 생겼다.

 마을 어른이 건네는 술을 거절 못하고 먹었다. 그게 농약이었던 거고. 할머니와 할아버지, 마을 어르신들, 하지현의 아버지까지…….

 8명이 사망한 사고로 밤 9시 뉴스에도 몇 번이나 나올 만큼 큰 사건이었다.

 그 사건으로 하지현의 아버지도 돌아가시게 되었다.

 생계가 어려워진 그녀의 집을 도운 건 도현의 부모님이었다.

 도현의 가족만 무사했었는데, 벌초 당일 급성 식중독으로 참석하지 못한 게 천운이었다.

 그래도 도현은 하지현에게 늘 미안했다.

 지켜 주지 못해서. 같이 있어 주지 못해서.

 장남인 도현의 아버지가 참석했다면 그런 일은 일어나지 않았을 것만 같았으니까.

 사고 이후 하지현은 빨리 철이 들었다.

 그녀가 할 수 있는 건 공부라서일까. 자는 시간도 줄여 가며 미친 듯이 공부했고, 전교 5등 아래로 떨어진 적이 없었다.

 도현은 늘 자신과 하지현을 비교하려는 부모님 때문에 기회만 있으면 양가 부모님들과 함께 놀러 다니자며 부추겼었다.

그렇게 시간이 흘러 도현의 행방불명으로 5년이란 시간이 흘렀고, 돌아온 도현에게 들린 소식은 그녀가 헌터가 되었다는 것이었다.

 그것도 꽤 잘나가는 헌터 말이다.

 한 번쯤 만나고 싶어서 시간을 맞춰 보려 했지만, 하지현은 정말 더럽게 바빴다.

 다른 나라에 비해 작은 땅덩어리에 생겨난 워프가 너무 많은 탓에, 돌릴 수 있는 인력은 한정되어 있으니 결국 있는 인력만 죽어나는 것이었다.

 그래도 헌터들의 노력으로 현실은 달이 사라진 것 외에 딱히 달라진 걸 느낄 수 없었다.

 예식이 끝나자마자 호텔 레스토랑으로 자리를 옮긴 도현 가족은 코스 메뉴를 먹고 있었다.

 성인이 되고 처음 가 본 예식장.

 그것도 사촌 여동생의 결혼식은 그에게 있어서 꽤 충격적이었다.

 화려함이나 성대함은 제브라드에 비하자면 조촐할 정도였지만, 그때는 흐뭇했다면 지금은 마음 한 곳이 텅 빈 느낌이었다.

 이유가 무엇인지 고민하는 그에게 아빠가 뜬금없이 물었다.

"아들아, 넌 어쩔 거니?"

막 웨이터가 빈 접시를 가져가며 새로운 요리를 두고 갔다.

성인 머리 크기의 두툼한 스테이크. 그 위로 뿌려진 붉은 소스가 뜨거운 김을 타고 코를 매콤하게 울렸다.

도현은 바쁘게 스테이크를 썰어 한 점 입에 넣고는 열심히 우물거리며 눈을 끔뻑였다.

아빠의 시선이 도현 뒤를 향했다 돌아왔다.

식이 끝나고 레스토랑으로 내려왔던 헌터들은 코스 상관없이 모든 음식을 다 내오라고 했었는데, 그 음식의 절반의 절반도 먹지 못하고 서둘러 빠져나가 버렸다.

그 덕에 사람은 없고 모든 테이블 위에는 온전한 음식들이 놓여 있었다.

그 소란통에 빠져나가는 헌터들을 보며 자신은 절대 저렇게 안 살 거라 다짐했었는데.

도현이 혹시나 하며 아빠에게 되물었다.

"헌터?"

아빠가 고개를 끄덕인다. 엄마는 말없이 눈빛으로 대답을 재촉했다.

무척 기대하는 것 같지만 도현의 꿈은 확고했다.

"난 그냥 소박하게 살 건데."

"소박하게?"

"백수."

엄마, 아빠의 표정이 삽시간에 구겨졌다.

300명이 수용 가능한 대형 강의실. 빈자리 하나 없이 꽉 찬 강의실 중앙에 빔 프로젝터로 쏘아진 사진이 눈에 띄었다.

무성한 잎이 달린 흰 뿌리채소였는데, 그 옆에는 시금치 사진과 하얗고 기다란 무의 사진이 한 줄로 나열되어 있었다.

"이처럼 로코코스라는 식물은 온도 변화에 따라 무처럼 뿌리채소가 되기도 하고, 시금치처럼 잎채소가 되기도 합니다."

진행 중인 강의는 워프 도감학.

헌터 사무 공무원 학과 학과장을 맡은 김문열 교수는 40대 중반이지만, 30대 초반이라 해도 믿을 만큼 젊었다.

거기다 성격도 온화한 편으로 학과에서 인기가 하늘을 찔렀다.

똑똑똑.

노크가 울리며 강의실에 정적이 내려앉았다. 교수 옆 벽의 문이 열리며 사내 하나가 들어왔다.

무지 흰 티셔츠에 푸른 청바지, 검은 운동화를 신은 도현이었다.

"15분 휴식하고 다시 진행하겠습니다."

교수의 말에 자리를 뜨는 학생은 없었다.

도현은 관심이 없지만, 그는 학과에서 소문난 유명 인사였다. 재벌 2세, 빽으로 들어온 놈, 위아래 없는 놈, 잠만 자는 돌이라 해서 '수석'이라는 별명 등등.

절대 좋은 뜻의 꼬리표는 아니었지만 말이다.

그런 그가 뭔가 손에 쥐고 들어왔으니.

대부분이 자퇴서나 휴학계를 내러 온 것이라 예상했다.

"현장 실습서군."

종이 한 장을 건네받은 김문열 교수는 도현과 서류를 번갈아 보며 말했다.

저 인간이?

학생들이 수군거리기 시작했다.

개강한 지 이제 두 달.

아무리 금수저라 해도 바로 현장 실습을 나갈 수 있는 사람은 없었다.

돈이 있다 한들 실력이 없었고, 능력이 있으면 바로 헌터를 하는 게 더 돈을 벌 수 있는 방법이었으니까.

어중이떠중이가 모인 학교에서는 등을 떠밀지 않는 이상에야 강의에 온 힘을 쏟았다.

목숨은 하나밖에 없으니 말이다.

서류를 쭉 훑어보던 김문열 교수가 고개를 끄덕이며 말했다.

별로 안 궁금한데? • 107

"블랙홀이라. 그래, 우 사장 아들이었지. 그런데 일주일 밖에 안 가나?"

"예."

"두 달 하면 A+로 한 학기를 퉁쳐 주는 걸 모르지는 않을 테고."

교수의 상식과 달리 도현은 몰랐다. 아니, 관심이 없다는 게 맞았다.

그는 대답 없이 서 있었다. 게슴츠레한 눈이 김문열 교수와 마주했다.

학생들의 수군거림이 더 커졌다.

'블랙홀이래!', '미친, 거기 워프 마켓 1위잖아?', '진짜 재벌 2세였어? 아 씨, 배 아파!' 등등의 말이 오고 갔다.

그런 배경 속에서 도현의 표정은 점점 사라져 갔다.

'귀찮다……'

지금 상황도 마음에 안 든다. 그저 학과 사무실에 제출하면 될 일을, 이 교수는 왜 직접 강의실까지 오라 가라 하는지.

'경쟁이라도 붙일 생각이겠지.'

그래서 더 언짢았다. 원치 않은 먹이가 된 기분이었으니까.

한참 눈싸움을 하던 김문열 교수가 픽 웃었다.

"불만이 많은 얼굴이군."

"그러네요."

"허, 구 대위 말대로 대차기까지."

"가도 됩니까?"

김문열 교수는 현장 실습서를 자신의 강의 자료 위에 올려놓았다.

"그래, 일주일이라 그저 강의만 빠지는 건 알고 있겠지?"

"들었습니다."

"가 보게. 일주일 뒤에 보도록 하지."

도현은 교수의 말이 끝나기 무섭게 뒤도 안 보고 성큼성큼 걸어 강의실을 나갔다.

문이 닫히자 강의실이 시끄러워졌다.

"와 씨, 금수저, 금수저 하더니 저건 플래티넘 다이아다!"

"저럴 거면 왜 학교 왔대? 그냥 회사 들어가지. 재벌 2세에 실습이 되면 바로 사장 달겠다."

강의실 두 번째 줄 중간, 김승재와 이민준이 대놓고 불평했다. 그들은 흔히 말하는 수저론에 끼지도 못하는 이들로 수능을 치고 헌터에 관련된 학과를 지원하면 무상으로 볼 수 있는 각성 테스트를 거쳐 입학한 케이스였다.

그러니 배가 아파도 매우 아플 수밖에.

"아서라, 열폭할 시간에 도감 한 줄이라도 더 읽어."

"창하 말이 맞아. 곧 있을 테스트만 생각해도 잠잘 시간도 없는데."

고창하의 말을 두둔하는 더벅머리의 시민형이었다.

투블럭을 한다고 한 머리는 눈썹까지 덮어 완전무결한

바가지 형태였다. 차분한 참머리라 그 모습은 우스꽝스러운 가발을 쓴 게 아닐까 하는 착각까지 들었다.

"바가지, 박쥐처럼 편들지 마라. 그런다고 안 좋은 머리가 좋아지기라도 하냐?"

"대기 5번이었던 놈이 말이 많다!"

처음부터 투덜대던 김승재와 이민준이 시민형에게 시비를 걸었다. 그 사이를 중재한 건 고창하였다.

"됐고, 시끄럽게 떠들 거면 나가서 싸워. 나 공부할 거니까."

"허, 우등생 납시셨네."

거친 말이 오가지만 누구 하나 기분 나빠하지 않았다. 그들은 같은 동네에서 코흘리개 때부터 함께해 온 친구이자 동기다.

"다 들어왔나? 강의 시작하도록 하지."

김문열 교수가 레이저 포인트 리모컨으로 다음 페이지를 넘겼다. 그 속엔 호리병처럼 생긴 주머니를 가진 식물이 띄워졌다.

❖ ❖ ❖

"내고 나왔어."

(그래, 그럼 회사로 가. 영업 1팀 주나근 팀장 찾으면 될 거야.)

아빠와의 통화를 끝낸 도현은 멍하니 푸른 하늘을 올려다봤다.
"그냥 좀 내버려 두면 안 되나?"
도현의 소박한 소원이었다. 그저 가만히 놔두면 알아서 잘 살 걸, 왜 못 놔둬서 난리란 말인가.
어제 결혼식 뷔페에서 소박한 꿈을 밝히자마자 엄마가 폭발했다.

'너, 내일부터 출근해.'
'응? 왜?'
'네가 아직 안 굴러 봐서 그런 소리나 해 대지? 돈이 그냥 하늘에서 뚝 떨어지는 줄 알아?'
'그런 말 한 적 없는데?'
'엄마, 아빠가 뼈 빠지게 벌어다 주는 건 생각도 안 하고! 너 이제 용돈도 없어! 아빠처럼 굴려 버릴 거야!'
'여, 여보?'
'엄마……?'

머리끝까지 화난 엄마는 실로 무서웠다.
행방불명되었던 아들이라 감싸고 돈 게 문제라며 이제 알아서 벌라는데…….
뭐랄까. 엄마의 모습이 좀 속상해 보였다.

"그래, 내가 좀 퍼져 있긴 했지."

볼을 긁적인다.

오랜만에 돌아온 탓에 너무 자신을 드러냈나 보다.

'적당히 감출 걸 그랬나?'

잠깐 고민한 도현은 금세 고개를 저었다.

더 피곤해질 거다. 특히 아빠 회사가 회사인 만큼.

어제 결혼한 찌롱이도 아빠 회사 전속 아니던가.

다섯 손가락 안에 든다는 개도 1년 만에 봤는데, 자신이라고 그러지 말란 법은 없다.

"뭐, 좋게 생각하자. 일주일쯤 드나들다 보면 화도 풀리겠지."

엄마를 달랜 건 역시 아빠였다. 무슨 방법을 쓴 건지 기한 없던 굴림이 일주일로 줄어들었다.

대신 굴림 앞에 '빡센'이 붙은 건 어쩔 수 없는 일이지만.

생각의 꼬리를 물며 한참 고민하던 그가 회사에 도착한 건 2시간이 넘어서였다.

"아, 기다리고 있었습니다. 영업 5팀 팀장 주나근입니다. 주 팀장이라 부르십시오."

"안녕하세요. 우도현입니다."

얼핏 보면 운동복에 가까운 옷차림이다.

호리호리한 체격에 키만 멀대같이 큰 사내.

검은 뿔테 안경까지 낀 모습이 전형적인 사무직 스타일

인데 영업팀이란다.

'이 사람도 헌터인가?'

각성하면 겉모습과 달리 힘이 생기니 그럴 수 있다는 생각이 들었지만, 너무 언밸런스했다.

'하긴 워프에 들어가려면 헌터가 아니고선 안 된다고 했지.'

그럼 회사 직원 모두가 헌터?

도현이 주 팀장 뒤로 사무실을 훑었다.

200평도 넘을 사무실에는 대충 세어 본다 해도 100명이 넘는 직원이 있었다.

등급이 어떻든 이들이 헌터라는 생각이 들자 갑자기 아빠가 안쓰러워졌다.

'하루 3시간밖에 못 자고 갈릴 때부터 알아봤어.'

그 모습이 곧 자신의 모습이라 생각하니 한숨이 먼저 나왔지만 그래도 어쩌겠는가. 일단은 엄마의 눈치를 봐야 하는데.

"그렇지 않아도 한참 기다렸습니다. 바로 출발하죠."

"바로요?"

안경 너머 무심한 눈꼬리가 살짝 올라간 게 보였다. 생각보다 무뚝뚝하고 차가운 사내였다.

"30분이면 여유롭다고 생각했는데 1시간 반이나 보내 버렸으니, 가면서 이야기하죠. 지금 나서도 촉박합니다."

한숨처럼 말을 뱉으며 서두르는 주 팀장을 따라 회사를

나왔다. 회사가 대로변에 위치한 만큼 교통수단을 사용하기에는 좋았다.

'차를 탄다고 해도 늦겠는데.'

그런 생각을 하던 도현의 귀에 주 팀장의 목소리가 꽂혔다.

"이쪽입니다."

인도에 들어서자 주 팀장이 뛰기 시작했다.

설마…

"뛰어갑니까?"

"당연합니다. 이동 교통수단은 3시간 이상 거리나 총무팀을 제외하면 안 씁니다. 헌터 체력이 있는데 뭐 하러 탑니까. 뭐, 가끔 기상 악화일 경우에도 쓰긴 합니다만."

막혀서 그냥 달립니다.

라는 말이 이어졌다.

도현의 미간이 좁혀졌다.

자신의 걸음으로 10분인 학교조차 택시 드론을 탄다.

그런데 30분 거리라고?

헌터가 아닌 일반인이라면 2시간은 훌쩍 넘을 거리다.

"어서 가죠."

무심한 눈빛으로 도현을 재촉했다.

"하아."

벌써 저만치 가 버린 주 팀장을 따라나섰다.

❖ ❖ ❖

 차도식은 눈앞의 녹색 워프를 보며 눈을 느릿하게 감았다 떴다.
 모이기로 한 시각까지 10분 남겨 둔 상황.
 주 팀장이라면 벌써 도착해서 대기하고 있을 사람이다.
 '그런데 늦는다?'
 기억을 더듬어 봐도 딱히 이유로 짚을 만한 뭔가는 없었다.
 "먼저 들어갈까?"
 옆에서 지켜보던 하지현이 가녀린 팔로 차도식의 허리를 감싸며 등에 얼굴을 묻었다.
 7개 등급의 워프 중 4등급 워프. 무지개 색에 따라 빨간색이 1등급, 보라색이 7등급으로 매겨지는데, 이 둘이 3급 헌터인 걸 고려한다면 인력 낭비도 이런 인력 낭비가 없었다.
 그런데도 함께 있는 이유는, 신혼여행은 고사하고 워프에 매달려야 하는 그들을 위한 헌터 협회 측의 배려였다.
 "그래, 그러자. 어차피 별일 있을 워프도 아니고."
 1, 2급을 제외하고 3급까지는 한 등급이 오를 때마다 아래 등급의 5배나 강해졌다.
 둘이 해서 3배 이상의 전력은 평균 4등급 워프 처리를 위해 파견하는 한 파티(5명)에 비하면 두 배 전력이다.
 차도식 옆에 하지현이 섰다. 손을 잡고 마주 보며 배시시 웃는다.

그렇게 신혼여행이 시작됐다.

약속 시각 정각.

"후욱, 벌써 들어가셨나 보군요."

조금 차오른 숨을 내뱉으며 주 팀장은 워프 앞에 섰다.

"바로 들어갑니다."

올 때처럼 뒤도 안 돌아보고 먼저 들어가 버렸다. 도현은 입맛을 쩝 다시며 뒤따랐다.

밖에서 느낄 수 없던 마나가 훅 하고 몸을 덮쳤다. 물속에 들어간 듯 온몸이 마나에 젖는다. 낯설지 않은 느낌이다.

대학교에서 7등급의 워프에 들어갔을 때는 아무런 느낌도 없더니, 4등급부터가 진정한 워프라고 볼 수 있는 걸까?

어설프지만 제브라드의 향수를 불러일으키기엔 충분했다.

[4등급 워프, 무한 평야에 입장하셨습니다.]

방문자를 제외하고 처음 들어 보는 알림음에 도현은 실소했다.

'정말 지구에 게임을 덧씌우기라도 한 거야?'

앞선 주 팀장은 익숙한 것 같지만, 도현만큼은 큰 괴리감을 느끼며 환해지는 시야에 살짝 미간을 좁혔다.

한낮의 벌판이었다. 언젠가 TV에서 봤던 벼가 노랗게 익어 고개를 푹 숙이고 있었다. 그런 벼들이 끝없이 펼쳐진 평야.

살랑, 부는 바람에 흔들리는 벼가 황금빛 물결을 만들어 낸다.

그 모습은 생각보다 꽤 괜찮은 장관이었다.

성인 가슴께까지 오는 벼 사잇길을 앞장서서 걷던 주 팀장이 말했다.

"오면서 말한 대로 헌터님들을 따라다니며 몬스터 사체는 그 자리에서 매입합니다."

상태에 따라 등급을 매긴다. 부수적으로 몬스터에서 나온 물품, 즉 아이템들도 헌터의 의사에 따라 매입도 한다.

"무한 평야는 쌀 생산이 가능한 곳입니다. 국내에 몇 안 되는 쌀 생산 초대형 워프인데, 두 달에 한 번꼴로 몬스터가 나타나 먹어 치웁니다."

다양한 몬스터가 나온다고 한다.

그중에서도 절대 빠지지 않는 몬스터가 소와 돼지를 닮은 놈들이란다.

자신의 몸만 한 도끼를 들고 두 다리로 걸어 다니는 젖소 모습의 카우엑스와 거대한 멧돼지 모랄보어가 그 몬스터였다.

카우엑스는 2미터로 크기가 같았지만, 모랄보어는 3미터에서 최대 6미터까지 덩치가 작은 산만 했다.

별로 안 궁금한데? • 117

"대부분 1,000마리 내외로 오기는 하는데, 며칠 뒤 수확 시기라 더 올 겁니다."

'1,000마리도 많은데 더 온다고?'

"대충 10배 정도쯤."

대답을 바랐던 건 아니지만, 듣자마자 없던 두통이 머리를 쿡쿡 찔러 댔다.

쿠구구구궁.

얼마 떨어지지 않은 곳에서 땅이 들끓는 소리가 약하게 들려왔다.

가죽이 터져 나가는 소리에 이어 공기 중의 마나가 한 지점으로 빨려 들어간다.

푸확! 퍼어어엉!

거친 폭발이 터지며 이번엔 5.0 지진이 일어난 것 같았다.

"다행히 근처군요."

주 팀장은 서둘러 걸었다. 다가갈수록 묵직한 마나가 느껴진다. 성인 남자의 키만 한 모랄보어들이 주변을 가득 채우고 있었다.

"하압!"

덩어리와 대치 중인 사내가 눈에 들어왔다.

낯이 익은 얼굴이다.

도현의 눈썹이 꿈틀거렸다.

끼에에엑!

익숙한 돼지 멱따는 소리가 나며 3미터의 모랄보어가 주저앉았다.

"늦어서 죄송합니다. 차 헌터님, 하 헌터님."

도현을 대했던 것과 다르게 주 팀장이 굉장히 미안한 얼굴로 인사를 건넸다.

"괜찮습니다. 오신 김에 한 타임 끝났으니 정리 부탁드립니다."

"예, 바로 시작하겠습니다. 잠깐 쉬고 계십시오. 도현 씨, 이쪽으로."

'도현 씨?'

놀란 두 헌터의 시선이 동시에 돌아갔다.

입을 뻐끔거리는 하지현을 향해 도현이 손바닥을 펴 보였다. 그사이 주 팀장은 한 뼘 크기의 검은 막대기를 인벤토리에서 꺼냈다.

"스캔 레이저라고 합니다. 여기 버튼을 눌러서 마나를 흘려보내면."

주 팀장이 버튼을 누르자 손전등처럼 스캔 레이저에서 불빛이 나왔다. 그 빛을 쓰러진 모랄보어에게 비췄다.

빛이 붉게 변했다. 빛이 닿은 모랄보어의 피부가 투명해지며 속이 그대로 보이기 시작했다.

내장, 뼈, 근육.

깊게는 위장 속까지 보이며 모랄보어가 무엇을 먹었는

지까지 확인 가능했다.

주 팀장이 말했다.

"이렇게 하는 이유는 1차적으로 손상 상태를 확인하기 위함입니다. 당연하지만 손상이 적을수록 값이 더 비싸니까요."

2차적으로 상태 이상 위협 감지였다. 독이나 폭발의 우려가 있는 몬스터들도 감지와 함께 가벼운 상태 이상은 제거된다.

그리고 스캔이 끝나면 스캔 레이저에 스캔한 몬스터에게 번호를 부여하고 상세 내용이 저장된다.

이 정보는 헌터에게 대금을 치를 때 유용했다.

주 팀장이 인벤토리에서 꺼낸 가방을 도현에게 던졌다. 20센티미터 크기의 검은 가방이었다.

"열어 보면 스캔 레이저와 캡슐이 있을 겁니다."

캡슐을 켜고 스캔 레이저를 비추면 스캔이 끝난 몬스터는 자동으로 캡슐로 들어간다.

"우선은 이 몬스터들을 스캔해 보십시오."

주 팀장은 사무적인 톤의 설명을 끝내고 도현을 지켜보았다.

'설마 전부 다 나보고 하라고?'

눈을 끔뻑이던 도현은 미간을 좁혔다.

❖ ❖ ❖

"싸… 도현아, 너도 헌터였어?"

총 87마리. 모랄보어의 스캔과 수거가 끝나자 하지현이 반색하며 다가왔다.

"뭐, 그러네."

"뭐, 그러네? 왜 말 안 했어?"

"말해서 뭐?"

"그야, 헌터로 뛰면 되잖아. 이렇게 있지 말고."

이것도 하기 싫은데 헌터를 하라고?

'하아, 제발 좀 가만두면 안 되나?'

들들 볶는 하지현 때문에 도현은 피로감으로 어깨가 축 늘어졌다.

"됐어. 난 귀찮은 거 딱 질색이야."

그녀가 미간을 찌푸렸다. 입을 열려던 찰나에 주 팀장이 다가왔다.

"끝났습니까?"

"예."

성의 없는 대답임에도 주 팀장은 별말 하지 않았다.

"차 헌터님, 하 헌터님, 움직이시죠."

"예."

몸을 돌리던 차 헌터가 도현을 향해 살짝 눈인사를 건넸다. 도현도 작게 고개를 숙이며 인사했다. 그 모습에 하지현이 입을 삐죽거리더니 차도식을 따라 앞장선다.

뒤로 이어진 건 반복 작업밖에 없었다.

두 헌터가 몬스터를 찾아 사냥한다. 멀리서 주 팀장과 도현이 대기하다 사냥이 끝나면 수거한다.

조금 신선하다면 차도식과 하지현의 사냥법이었다. 해치우는 속도만 봐도 워프 수준은 이미 넘어섰다. 그런데도 두 사람이 같이 왔다는 건…

'신혼여행인가?'

차도식이 자신의 몸 크기만 한 대검을 들어 몬스터를 두드려 팬다. 적으면 세 번, 많으면 다섯 번.

오히려 몬스터가 대검에 몸을 던지는 것 같다. 빠르게 잡아들이지만, 몰려오는 수가 더 많다.

"불태워라!"

때마침 하지현의 목소리가 들려왔다.

땅으로 뻗어진 양손에서 마나가 뿜어져 나온다. 동시에 지면의 직경 20미터에 달하는 붉은 마법진이 폭사했다.

주위에 몰린 몬스터가 일순간에 타올라 숯 덩어리가 되어 쓰러졌다. 노릇노릇하게 구워진 몬스터에서 익숙한 냄새가 피어올랐다.

'그래, 찌롱은 범위 특화였구나.'

혼자보단 팀으로 함께하면 좋을 능력이다.

범위가 넓은 것치고 화력도 나쁘지 않다. 하지만 능력에 맞는 워프였다면 마지막 한 수가 부족할 듯했다.

'그래서 저놈이랑……'

도현의 시선이 차도식에게 향했다.

무식할 만큼의 큰 대검은 '공격만이 최고의 방어'라고 외치듯 몬스터를 두들겨 팬다. 멋모르고 봤다면 미친놈이 따로 없을 모습이었다.

패기만 하는 이유는 이곳의 몬스터가 그렇게 인기가 좋단다.

"구워진 몬스터는 녹색 캡슐에 수거하십시오."

이유는 궁금하지도 않았다. 빠른 퇴근을 위해 도현은 고개를 끄덕였다.

크워어어어!

카우엑스가 괴성을 지르며 양손에 쥔 양날 도끼를 휘둘렀다.

차도식이 대검의 면으로 몬스터 머리를 쳤다. 몬스터 머리가 확 돌아간다. 다시 대검이 위에서 떨어졌다.

패대기쳐지는 몬스터 뒤로 끝없는 몬스터가 대기 중이었다.

꽤 깊이 들어왔음에도 그 끝이 안 보이는 워프. 그리고 아직 사방에 가득한 몬스터까지.

처음에는 장관이었을지 몰라도 이제는 지겨웠다. 그나

마 위안이 되는 건 몬스터의 수가 폭발적으로 늘었다는 것뿐이었다.

쉴 틈 없이 이어지는 사냥에 주변은 몬스터 사체로 산이 생길 지경이었다.

"정리하죠."

'사냥 중인데?'

반문하는 시선에 주 팀장의 눈에 살짝 비웃음이 서렸다.

"설마, 7급입니까?"

쫄려서 못 끼어드냐고, 비웃었다.

도발했지만 도현에게는 먹히지 않았다. 오히려 도현을 긁은 건 뒤에 이어진 말이었다.

"가득 찬 캡슐 주고 가세요. 확인 작업해야 합니다."

혼자 하란 소리였다.

그나마 도현이 참고 일을 하는 이유는 지금 잡는 몬스터들이 마지막 웨이브라는 것이다.

'끝이 보이니까 참자!'

도현의 좁쌀만 한 인내심이 부르르 떨렸지만 꾸역꾸역 참아 냈다.

하루 6시간씩, 일주일.

빡센 굴림이라지만, 이 정도로 끝난다면 감지덕지다.

역시 엄마란 이름은 위대하다.

수거 작업은 끝없이 이어졌다.

사냥 범위에서 50미터나 벗어난 곳부터 시작했는데, 주변 것만 해도 3,000마리가 넘었다.

도현은 빠른 작업을 위해 낭비 없는 움직임을 선보였다.

캡슐을 켠다. 스캔한다. 스캔한다. 스캔한다.

삐빅!

캡슐이 다 찼다는 신호다.

새로운 캡슐을 꺼내 켠다. 다시 스캔, 스캔, 스캔…….

'이렇게 움직인 게 언제였더라?'

최근 이사를 제외하고 몸을 크게 움직인 적 없던 도현이었지만, 그렇다고 몸이 둔해질 정도로 약하지는 않다.

'아, 침대에서 뒹굴고 싶다. 격하게 침대에서 뒹굴고 싶어!'

얼굴은 무표정했지만, 마음속엔 폭풍우가 몰아치고 있었다.

'못하겠다고 이대로 드러누워 버릴까? 아니면 이대로 튀어 버리고 잠수 탈까?'

오만 생각이 머릿속을 헝클어뜨리지만, 결국 깊은 한숨만 나왔다.

엄마를 생각하면 한순간의 편의보다는 미래를 봐야 했다.

'무엇 때문에 개고생하며 지구에 돌아왔는데.'

참고 참는다. 하지만 좁쌀 인내심에 있어 일주일이란 시간은 정말 애매했다.

참기도, 그렇다고 헌터를 결심하기도 뭐한 그런 시간.

'그냥 헌터 할까……?'

도현의 입에서 작게 앓는 소리가 나왔다.

그것이야말로 엄마, 아빠의 빅 피쳐가 아닐까?

차라리 일주일을 버티는 게 낫다.

'빨리 끝나라. 빨리 끝나.'

염불처럼 그 말만 되뇌던 도현은 이 일만 끝나면 헌터의 헌 자도 보고 싶지 않았다.

절대! 네버!

하지만 다짐하는 도현의 눈앞에 다시 홀로그램 창이 떴다.

[카우엑스와 모랄보어의 지식을 습득했습니다.]

[요리 재료 리스트에 등록합니다.]

[카우엑스:1++등급]

[모랄보어:1+등급]

[카우엑스와 모랄보어에서 요리 재료를 획득할 수 있습니다.]

"뭐?"

황당했다.

집에 제브라드 인간들이 들이닥치는 것도 마음에 안 들어 죽겠는데, 이젠 몬스터가 식재료라고?

"정말 식당이라도 하라는 거냐."

짜증으로 다물어진 잇새로 씹듯 혼잣말이 튀어나왔다.

"뭐라고 했습니까?"

"안 했습니다."

몇 초 뜨거운 주 팀장의 시선이 머물렀지만 도현은 무시했다.

다시 손은 바삐 놀리며 머리를 빠르게 굴렸다.

둥둥둥둥!

작업의 끝이 보일 때쯤 도현의 귓가에 북소리가 들려왔다.

'뭐지?'

고된 작업으로 불만 가득한 얼굴이 주변을 살폈다.

[무한 평야의 지배자 빅카우엑스와 빅모랄보어가 등장합니다!]

낭랑한 여자의 목소리가 귀에 꽂히기 무섭게 땅이 흔들렸다.

도현을 제외한 셋의 얼굴에는 당연하게도 당황한 기색이 역력했다.

"워프가 왜 이러죠?"

"이런 적은 처음입니다!"

"혹시 오늘이 워프 3주년 아닙니까?"

주 팀장의 날카로운 추리에 차도식과 하지현이 고개를 저었다.

달이 사라지고 나타난 워프는 홀수 주기마다 새로운 몬스터가 나타났다.

그 주기가 되지 않았음에도 그런 상황이 지금 이 워프에서 일어나고 있는 것이다.

쿵, 쿵, 쿵.

방금까지 사냥한 몬스터들과 체급부터가 다른 몬스터 2마리가 나타났다.

1주기 워프에서 네임드가 나온다면, 2주기인 워프에서는…

"보… 보스 몬스터……."

차도식이 신음처럼 중얼거렸다.

쿠워워워어!

키이이이익!

몬스터의 두 괴성이 불협화음처럼 무한 평야를 흔들었다.

5미터의 카우엑스와 8미터의 모랄보어였다. 검은 피부에 지렁이처럼 이어지는 푸른빛이 문신처럼 특이한 문양을 만들어 냈다.

몬스터의 몸에서 흘러나오는 마나에 숨이 막힐 것만 같았다.

"2등급……."

차도식이 신음을 흘렸다. 순식간에 오른 난이도에 암담해졌다.

자신들은 3급. 둘이서는 비벼 보기는커녕 즉사다.

주기를 맞은 워프는 일시적으로 등급이 오른다.

최소 한 등급이나 두 등급 이상.

정보가 없던 초기에 헌터들의 목숨과 맞바꾼 정보였다.

그렇게 만들어진 정보 덕에 워프 등급이 높아질수록 아래 등급의 헌터는 비벼 볼 기대보다 생존에 중점을 두고 있었다.

그렇기에 차도식은 사냥을 빠르게 포기했다.

"피해야 합니다! 어서!"

차도식이 재촉했다.

보스 몬스터가 나타나면 이놈들을 처리하지 않는 이상 탈출은 불가능했다.

'구조를 기다리는 수밖에.'

다행히 입장은 가능하기에, 살아남기만 한다면 어떻게든 돌아갈 수는 있다.

"워프 색이 바뀌었을 테니 빨리 눈치채길 바랄 수밖에……."

하지현이 씁쓸하게 중얼거렸다.

특대 농경지 워프는 끝없는 넓은 벌판 형태이다.

오로지 평지만 존재하는 이곳에 숨을 곳이 있을지 모르겠지만, 어쨌든 살기 위해 발악은 해야만 했다.

그녀는 떨리는 손끝을 숨겼다. 자신과 차도식이 흔들리면 저 둘도 휘둘릴 수밖에 없다.

'싸가지…….'

불안한 눈이 도현을 향했다.

위험한 상황임에도 심드렁한 얼굴로 아무렇지 않게 몬스

터를 수거하고 있었다.

 그녀의 얼굴이 와락 일그러졌다.

 늘 엉뚱하긴 했지만, 지금도 저럴 줄이야!

"싸가지!"

 목소리를 높여 부른 게 화근이었다.

 두 보스 몬스터의 시선이 제일 가까운 거리의 도현에게 꽂혔다.

 어이가 없는 건, 그럼에도 도현은 사체 수거를 멈추지 않았다는 것이다.

"우도현!"

 다급하게 다가온 하지현이 도현의 팔을 잡아당겼다. 귀찮음이 잔뜩 묻어난 얼굴이 느리게 그녀를 본다. 좁혀진 미간이 왜 방해하느냐고 묻고 있었다.

'설마… 워프가 처음?'

 초보자가 틀림없다. 지침도, 위험 상황 대처도, 아무것도 모른다.

 그래서 더 화가 났다.

"너 지금 무슨 상황인 줄 몰라? 보스 몬스터라고! 지금 널 보고 온… 꺄악!"

 순식간에 눈앞에 두 보스 몬스터가 보였다. 질겁한 하지현이 비명처럼 주문을 외우고 지면을 손바닥으로 내려쳤다.

"무너져라!"

사냥 때와 달리 절반밖에 안 되는 대지가 들썩이며 쩍쩍 갈라져 내렸다.

 입을 쩍 벌리며 달려들던 모랄보어도, 거대한 도끼를 휘두르려던 카우엑스도 휘청거리며 몸이 뒤집혔다.

"가자! 도망쳐야 해!"

"지현아!"

"도현 씨!"

 나머지 두 사람까지 놀란 얼굴로 다가왔다.

 다급한 하지현과 다가오는 두 사람의 얼굴은 험악했다.

"도현 씨, 지금 저 보스 몬스터 안 보여요? 왜 버티고 있습니까!"

 차도식이 그녀를 끌어안으며 불쾌함을 드러냈다.

 아, 저 얼굴, 식장에 봤던 얼굴이다.

'질투인가?'

 도현은 픽 웃었다. 이어 주 팀장이 한숨을 푹 내쉬었다.

"이래서 초짜는."

 이 사람은 속 긁는 게 취미인가 보다.

"도현아, 어서 가자니까! 우리 모두 죽어!"

 차도식의 품에서 버둥대는 하지현이 보였다.

 오직 그녀 하나만 도현을 걱정하고 있었다.

 쩝.

 도현은 느리게 몸을 일으켜 앞을 봤다.

별로 안 궁금한데? • 131

무너져 내린 대지 위에 몸을 일으키는 두 몬스터가 보였다.

성난 두 쌍의 눈이 마지막으로 공격을 했던 하지현에게 향했다.

"싸가지!"

도현은 미간을 찌푸렸다.

초토화된 대지 때문에 수거해야 할 몬스터들이 파묻혔다.

아직 100마리 정도 더 남았는데 말이지.

스멀스멀 짜증이 치솟았다.

이놈이나 저놈이나.

도현 때문에 우물쭈물하는 그들의 머리 위로 그림자가 드리워졌다. 다가온 보스 몬스터 2마리가 그들을 향해 입을 쩍 벌렸다.

차도식은 하지현을 들쳐 업고 그대로 몸을 뺐다.

주 팀장은 이를 갈더니 인벤토리에서 캡슐 하나를 꺼내 들었다.

"아, 안 돼! 싸가지이이이!"

하지현의 목소리가 멀어졌다.

"하, 다 짜증 나."

도현은 머리를 쓸어 올렸다. 눈앞에 동굴처럼 길게 뚫린 몬스터의 입안이 보였다.

뜨뜻미지근한 바람에 악취가 섞여 스쳤다.

"이것들이 보자 보자 하니까."

도현은 주먹을 들어 냅다 휘둘렀다.

퍼버벅! 키엥, 꽤액!

두 보스 몬스터가 연타로 맞고 얼굴이 휙 돌아갔다.

2마리는 중심을 못 잡고 다시 무너진 흙에 머리를 처박았다.

"아······?"

주 팀장이 반사적으로 멍청한 소리를 냈다.

도망치던 차도식도 그 자리에 서서 멍한 얼굴로 처박힌 보스 몬스터를 봤다.

도현은 폴짝 뛰어 빅카우엑스의 배 위에 올라탔다.

"니들은 왜 나타나서!"

쾅!

빅카우엑스의 몸이 반동으로 인해 땅에 박혔다. 놀란 빅모랄보어가 몸을 일으켜 도현을 향해 어금니를 들이밀었다.

"어디서 썩은 입을 들이밀어!"

도현은 주먹을 연타로 내리꽂았다.

쾅쾅!

두 방으로 어금니가 땅에 떨어졌다. 그 충격으로 빅모랄보어는 얼굴을 부여잡고 나뒹굴었다.

음뭐어어어!

빅카우엑스가 도현에게 달려들었다. 도현은 자신을 향해 날아오는 거대한 도끼를 주먹으로 쳐 냈다.

후우웅, 콰앙!

굉음을 내며 평야에 박힌 도끼에 지면이 들썩였다.

"이 소 새끼가!"

도현의 눈꼬리가 올라갔다.

도끼를 잃은 빅카우엑스의 발길질이 아슬아슬하게 도현을 지나쳤다. 그 순간 보이는 빈틈을 향해 도현의 주먹이 날아갔다.

머리, 가슴, 배!

쾅! 쾅! 쾅!

도현의 주먹이 꽂힌 부위의 뼈와 근육을 타고 충격이 파문처럼 퍼져 나갔다.

고통에 정신이 혼미해진 빅카우엑스는 본능적으로 몸을 움츠렸다.

"조용히 좀 살려는데! 왜! 가만두지 않냐고!"

퍼억!

도현의 어퍼컷이 빅카우엑스의 턱에 꽂혔다. 반동으로 몬스터의 몸이 허공에 붕 떠올랐다.

도현의 손이 잔상을 남기며 엄청난 속도로 몬스터를 향해 휘둘러졌다.

드다다다-

따발총 소음 같은 타격음이 공기를 터트리며 평야에 넓게 퍼졌다.

쿠우우웅.

한참 동안 이어진 소리가 뚝 끊겼다.

잘 다져진 소고기… 아니, 숨통이 끊어진 빅카우엑스의 몸뚱이가 땅에 떨어지며 잔지진을 일으켰다.

"별것도 아닌 것들이."

도현이 손바닥을 털며 깔끔하게 착지했다. 주섬주섬, 가방에서 스캔 레이저와 캡슐을 꺼낸 그는 아무 일 없었다는 듯 이어서 흙에 파묻힌 사체들을 수거하기 시작했다.

그때까지 세 사람은 충격에서 벗어나지 못하고 있었다.

"너, 너, 너!"

먼저 정신을 추스른 건 하지현이었다.

그녀가 차도식의 품에서 벗어나 다가왔을 땐, 사체 수거가 끝난 직후였다.

도현은 심드렁한 얼굴로 가방째 주 팀장에게 던졌다. 얼떨결에 받아 든 주 팀장은 뻣뻣하게 굳어 있었다.

"야, 싸가지! 어떻게 날 속일 수 있어?"

"뭘 속여?"

"너… 그 힘이 얼마나 대단한 건지 몰라서 물어?"

옆에서 주 팀장이 침을 삼킨다. 방금까지 빈정대고 긁던 사람은 어디 갔나.

도현은 머리를 긁적였다.

"귀찮아. 일도 끝났으니 난 집에 간다."

"야! 헌터가 어떤 직업인지……."

"별로 안 궁금하거든."

"우도현!"

소리를 빽 지르는 하지현을 보고 도현은 손사래를 쳤다. 이래서다. 이래서 조용히 있고 싶었다.

얘가 이 정도면 부모님은…….

"어후, 생각만 해도 끔찍하네."

"뭐?"

"아니다, 아니야. 주 팀장님."

"예, 예! 헌터님!"

바짝 긴장한 모습으로 대답하는데 뭐가 잘못됐는지 모르는 눈치다. 하얗게 질린 얼굴이 귀신이라도 본 것 같았다.

아무튼.

도현은 왼손 엄지로 뒤를 가리켰다. 잘 다져진 2마리의 보스 몬스터가 있는 위치였다.

"저건 내 겁니다."

"예?"

"내가 잡았잖아요."

"예, 예! 당연하죠!"

픽 웃었다. 어디든 변하지 않는 파워 게임. 그는 보스 몬스터를 향해 손을 뻗어 주먹을 움켜쥐었다.

[빅카우엑스의 사체를 습득하셨습니다.(1++등급)]

[빅모랄보어의 사체를 습득하셨습니다.(1++등급)]

다시 펴진 손이 내려졌을 땐 거대한 크레이터만이 남아 있었다.

끔뻑대는 3명을 보자 도현은 자신도 모르게 다시 웃어버렸다.

눈이 마주친 차도식이 시선을 돌린다. 귀가 빨간 걸 봐서는 자존심이 좀 상했나?

"그럼 전 들어갑니다."

도현은 지면에서 발을 뗐다. 자신을 향해 손을 뻗는 하지현이 보였다. 그녀의 손이 도현의 옷자락을 움켜쥐었을 땐 그는 사라지고 없었다.

띠리리, 띠리리!

침대에 엎어져 자던 도현은 손만 더듬거려 휴대폰을 쥐고 전원 버튼을 눌렀다. 알람이 꺼졌지만 10분 뒤 알람으로 다시 맞춰진다.

그러길 다섯 번.

"으아아아! 잠 좀 자자! 잠 좀!"

1시간 가까이 휴대폰과 대치하던 그는 발작적으로 일어났다. 이대로 휴대폰을 없애 버릴까 심각하게 고민하며 휴대폰을 죽일 듯 노려봤다.

다시 울려 댄다. 이번엔 알림이 아닌 전화다. 아빠 전화.

"어, 아빠."

(웬일로 깨어 있냐, 아들아?)

"왜?"

학교에 가기 위한 알람을 끄지 않은 탓에 의외의 테러를 받은 도현은 꿩했다.

(오늘 워프 대신에 아빠랑 같이 어디 좀 가자.)

"어디……?"

흐리멍덩하던 도현의 눈이 반짝였다. 그러나 1초도 안 돼서 게슴츠레해졌다.

"몹시 귀찮을 것 같은 느낌이 팍팍 풍기는데?"

(아- 냐! 그냥 갔다 오기만 하면 돼. 2시간! 그거면 돼.)

갈까? 말까?

첫날 폭탄 이후로 큰 사고가 날 줄 알았는데 의외로 부모님은 조용했다.

반대로 주 팀장이 똥 마려운 강아지처럼 쩔쩔맨다.

귀찮게 하는 건 하지현이었다. 차도식은 그날 꺾인 자존심 때문인지 계속해서 등급 높은 워프로 가자며 하지현을 꼬드겼다.

하소연을 하는 건지, 같이 헌터 하자고 조르는 건지.

6일 동안 고정으로 같이 다니니 죽을 맛이다.

(아들아?)

"정말이지?"

(뭐가?)

"2시간."

(그러어엄!)

좀 미심쩍긴 하지만 그 셋보단 아빠가 낫다.

(준비하고 있어. 아빠가 데리러 갈게.)

도현은 전화를 끊고 침대에서 일어났다.

하루 종일 시끄러운 곳에 있다가 와서인지 적막한 집이 더 적막하게 느껴졌다.

'그러고 보니 이번엔 오는 놈들이 없네.'

이번 주라고 해 봤자 몇 시간 안 남은 오늘과 내일로 끝이다. 노르세아스 여식이 다녀간 뒤로 방문을 열고 들어온 이방인은 없었다.

저번 주에 다녀갔던 제브라드 인간은 둘, 아니 셋인가?

상태창을 기준으로 하면 둘.

'거기에 한 명이 더 추가된다고 했으니 셋이네.'

남은 날을 생각하니 절로 귀찮다는 생각이 들었다.

두 번째까지는 몰라서 넘어갔다지만, 3명이 찾아와 구구절절한 하소연을 들어 주며 밥을 먹인다면…

"그건 좀 아닌데."

무슨 인생 상담소도 아니고.

물론 방문자로 인해 생각지도 않은 힘을 회복했다지만 바란 건 아니었다.

그저 집이, 가족이 그리워서 돌아온 것일 뿐.

그 긴 세월을 버틸 수 있었던 것도 가족 때문이었다.

제브라드에서 돌아갈지 말지 오랜 시간 고민했었다. 자신의 정신은 이미 닳고 닳은 상태였으니까.

그런데도 돌아왔던 이유는 후회하고 싶지 않아서였다.

걱정과 다르게 돌아오니 정신머리가 행방불명되기 전과 비슷해졌다.

다행이지만.

"가족이라……."

자신이 허물없이 온전한 자신을 보여도 될 존재들. 물론 그렇지 않은 사람들도 있겠지만, 도현에게는 그런 존재가 가족밖에 없었다.

'페론드.'

잊었던 친우와의 인연이 이렇게 이어지니 방문자에 대한 부정적인 생각이 조금 옅어진 건 사실이다.

지구에서의 몇십 배의 시간을 보냈던 제브라드.

불쾌했던 마음을 비집고 동고동락했던 이들이 떠올랐다.

지구로 돌아온다는 기대감에 들떠 생각도 못했던 녀석들인데.

언젠가 그 녀석들도 볼 수 있지 않을까.

"뭐, 그렇게 나쁘지 않을지도."

그런 생각을 하니 방문자들의 이야기를 들어 주는 거나 밥 한 끼 하는 게 별것 아닌 것처럼 느껴진다.

"뭐, 요리야 배달 음식 시켜도 되고."

정 안 되면 내킬 때만 해도 될 일이다.

거기까지 생각한 도현은 픽 웃었다.

"이런 생각도 하는 걸 보면 정말 여유가 생겼나 보네."

제자리로 돌아와서 그런지 미친놈 같던 성격이 조금 수그러든 것 같다.

"준비나 해야겠다."

도현은 한껏 기지개를 펴며 욕실로 들어갔다.

제3장

그렇다고 한다

그 헌터의 자취방

"아들아, 아침은?"

"아직."

도현은 차에 올라타며 자신을 반기는 우대성과 마주 앉았다.

중앙에 좁고 긴 테이블을 두고 자리 4개가 마주 보는 형태다. 5년이 지난 지금, 차 형태는 완전히 달라진 상태였다.

인공지능이 운전자를 대신하고 에너지를 마나석으로 대체했다. 그렇게 보완, 발전한 자동차는 진정한 신세계의 교통수단이 되었다.

도현은 의자에 깊숙이 몸을 기댔다. 부드럽고 푹신한 것이 의자라기보단 소파에 가까웠다.

'아아, 좋다.'

가만히 있으면 의자에 앉아 있기만 한 것 같은데, 창밖으로 풍경의 흐려진 잔상이 훅훅 지나간다.

그런데도 차체의 떨림이나 엔진 소리는 전혀 들리지 않는다.

무중력 상태가 이럴까.

"도착하면 같이 먹자."

도현은 눈을 떠 우대성을 빤히 바라봤다.

통화에서부터 주어가 빠진 느낌인데 의도적으로 숨기는 모양새다.

눈을 가늘게 뜬 채 물었다.

"어딘데?"

묻기 무섭게 우대성은 모르는 척 창밖으로 시선을 던졌다.

"이미 가는 중이잖아. 설마 내가 이대로 튀겠어?"

고개를 돌려 슬쩍 눈치를 보더니 입을 열었다.

"모임이야. 헌터 모임."

"아빠도 헌터였어?"

"업종이 업종이다 보니."

'왜 생각을 못했지?'

아빠는 매일 잘 시간도 없이 갈린다. 하루 평균 수면 시간 3시간.

주말, 공휴일 할 것 없이 무한으로 돌아가는 쳇바퀴에 피곤한 기색이 없다.

 일반인이었다면 이미 병원에 실려 가도 실려 갔을 살인적인 스케줄인데…….

"설마 엄마도?"

"음, 솔직히 세상이 바뀌고 각성자가 더 많아."

"헐."

이건 정말 예상 밖이었다.

"그럼 엄마는?"

"솔직히 아빠도 일만 아니었으면 안 갔다."

아아.

'그럼 난 왜?'

거기까지 생각이 미쳤을 때, 조금 부담스러운 시선이 느껴졌다.

"너 아빠 일 배울 생각 없니?"

"어."

도현은 1초의 망설임도 없이 대답했다.

"왜?"

"말했잖아. 내 꿈은 백수라고."

우대성은 인상을 찌푸렸다. 깊은 한숨을 쉬더니 진지한 얼굴로 도현을 바라봤다.

"그때 무슨 일이 있었던 거니?"

돌아왔을 때조차 묻지 않던 질문이 이제 돌아왔다.

'몸만 건강하면 된다더니.'

벌써 유통기한이 다 됐나 보다.

도현의 심드렁한 얼굴이 우대성과 마주했다.

"말해 주면 믿겠어?"

우대성의 눈동자가 작게 흔들렸다.

아들의 얼굴이 이유 없이 건조하게 느껴져서다.

도현은 씁쓸하면서도 자조적인 웃음을 입에 걸었다.

제브라드 일을 숨길 생각은 없었다. 오히려 사심 없이 믿어 줄지가 문제였다.

'엄마가 함께 있을 때 말할 생각이었지만.'

뭐, 사내들만의 대화도 나쁘지 않으니까.

도현은 머릿속으로 할 말을 정리했다. 벌써 500년을 넘긴 첫 시작 부분을 꺼내려니 뭔가 생소했다.

어색한 웃음이 입가에 피어나며 도현은 말을 이어 갔다.

"게임에서 난공불락 에피소드에 도전하고 천 번째 죽었을 때였어."

그렇게 시작한 이야기는 몇 가지 사건만 나열했음에도 1시간 반이 그냥 지나갔다.

"허어……."

가감 없이 다 들은 우대성은 낮은 탄식밖에 안 나왔다.

세상이 바뀌지 않았다면 마약이라도 한 게 아닌지 의심했겠지만, 이미 자신만 봐도 생각하던 정상 범주에서 벗어나지 않았나.

"지현이한테 들었을 때만 해도 같이 헌팅하려고 투정 부린 거로 생각했더니, 그게 아니었구나."

우대성의 소감은 그게 끝이었다.

덧붙이자면 더 이상 헌터니 백수니 말을 꺼내지 않았다는 것 정도.

침묵하며 창밖을 보던 그가 입을 연 건 차에서 내릴 때쯤이었다.

"네가 하고 싶은 대로 해라. 그래서 만족한다면 그거로 됐다."

오히려 당황한 건 도현이었다.

"우대성! 얼마 만이야! 왜 이제야 왔어?"

건장한 30대의 사내가 반가운 얼굴로 다가와 아빠를 힘껏 껴안았다.

백지장같이 하얀 피부, 대조되는 새카만 머리색이 인상적이다. 그와 반대로 어깨에 닿을 듯 말듯 부스스한 머리와 세트로 듬성듬성 난 수염이 무척 자유분방하달까.

'누구였더라?'

도현은 낯익은 사내를 뜯어보았다.

생각이 날 듯 말듯 하는 사이, 아빠가 소리를 질렀다.

"강혁, 야 이 자식아! 이것 좀 놔! 숨 막혀!"

버둥대는 아빠를 놓을 줄 모르는 굵은 팔은 웬만한 보디빌더조차 명함을 내밀기 힘들 정도였다.

'근데 강혁? 아빠 친구… 강혁 삼촌?'

"삼촌?"

진하게 인사를 나누던 강혁의 얼굴이 홱 하고 도현에게 꽂혔다. 한참을 보더니 함박웃음을 짓는 강혁의 눈에는 반가움이 듬뿍 담겨 있었다.

"이야, 이게 누구야! 도현이잖아? 너 언제 이렇게 컸냐? 돌아왔단 말도 안 하고!"

곰 같은 덩치가 날렵하게 도현에게로 갈아타기를 시도했다.

어깨를 덥석 잡히려던 찰나, 도현은 자신도 모르게 한 발짝 물러나 피했다. 강혁의 눈에 잠시 놀라움이 떠올랐다가 순식간에 사라졌다.

풀려난 아빠가 안도의 한숨을 내쉬다 한발 늦게 강혁의 뒷덜미를 잡아챘다.

"그 덩치로 내 아들 위협하지 말고 떨어져라, 이 자식아. 도현아, 여기 뷔페식이니까 먹고 있어. 금방 올게."

도현은 궁금했지만, 아빠한테 잡혀 끌려가면서 손을 흔드는 강혁을 보고 바로 마음을 접었다.

두 사람이 사라지자 아주 조용한 소음이 들려왔다.

도현을 중심으로 오른쪽에는 테이블이, 왼쪽에는 뷔페가 시작되는 입구가 보였다.

테이블에 앉은 사람은 대략 50명 정도. 작게 무리를 이룬 이들이 힐끗 도현을 확인했지만, 금방 시선을 돌렸다.

"대부분이 헌터네."

휑하다고 느껴질 정도의 뷔페 내부는 일반적인 음식점이었다면 적자였을 분위기였다.

도현은 사람마다 느껴지는 마나가 다르다는 걸 다시 확인했다.

정확히 말하자면 아빠와 삼촌의 마나 양에 비해 이곳 헌터들의 마나 양은 턱없이 적었다.

그리고 삼촌에게서 느껴진 마나는 좀 더 특이했다.

다른 헌터들의 마나가 주먹만 한 고무공이라면 삼촌의 마나는 볼링공처럼 크고 단단했으며 묵직했다.

완전히 상반되는 마나에 도현은 자신이 놓친 걸 깨달았다.

'아는 게 없구나.'

정보. 변한 지구에 대한 정보가 없다.

"이거 너무 무신경했네."

돌아왔다는 생각에 너무 나태해져 버렸나 보다.

그러고 보니 제브라드에서 딱히 움직이지는…

'아, 주위에서 알려 주었구나.'

움직였다 하면 사사건건 시비였으니 대부분 틀어박혀 있고, 돌아다니기 좋아하는 놈들이 소식을 물어다 왔다.

"좀 움직여야겠네."

백수로 살고 싶은 거지 세상을 등지려고 했던 건 아니니까.

도현은 익숙하게 접시를 찾았다. 헌터들이 주 고객인 탓에 접시의 크기는 쟁반이라고 봐도 무색할 정도였다.

일반인이 봤다면 접시만으로도 배가 부를 판이었지만, 오히려 도현은 흡족하게 고개를 끄덕였다.

스탠드바처럼 길게 이어지는 음식 행렬은 화려했다. 하나하나 구경만 해도 입안에 군침이 돈다. 항의성 짙은 꼬르륵 소리에 서둘러 걸음을 옮겼다.

먼저 들른 곳은 초밥 코너였다.

제브라드에 가기 전, 도현의 주식은 고기였다.

아침을 삼겹살로 시작해 저녁은 가볍게 스테이크를 먹는 그런 생활 말이다.

생선 요리를 싫어하는 건 아니었지만 고기가 더 좋았다. 그런 식생활이 제브라드에서도 100년 넘게 이어지니 물리다 못해 거들떠보기도 싫어졌다.

제브라드는 육지의 세계다. 비율로만 따져도 70퍼센트가 육지이고 30퍼센트가 바다였다.

그래서였을까. 정신을 차리고 보니 생선과 채소 위주의

식사를 하고 있었다.

그 습관이 지금까지 굳어져 지구에 돌아오고서도 바뀌지 않았다.

물론 고기 맛이 제브라드와 같지는 않지만 그렇다고 예전처럼 눈을 뒤집고 먹지는 않았다.

오히려 생선과 채소의 조리법이 더 다양해서 먹는 재미가 쏠쏠했다.

도현은 접시에 모든 종류의 초밥을 산처럼 쌓아 올렸다. 놀란 요리사들의 시선이 도현을 따라다녔지만, 그는 다음 생선 요리를 찾아 사냥감을 찾는 짐승처럼 눈을 번뜩이고 있을 뿐이었다.

롤, 샐러드, 파스타, 회.

싹싹 쓸고 지나간 자리는 텅 빈 접시를 교체하느라 바쁜 요리사들이 줄을 이었다.

도현은 다시 새 접시를 꺼내며 음식이 담긴 접시들을 확인했다. 손이 부족해 들지 못해 나열한 접시만 해도 이미 다섯 접시가 넘어갔다.

양손으로 들어도 손이 부족했다.

'귀찮아.'

테이블에 갖다 놓고 올지 잠깐 고민하던 도현은 손가락을 튕겼다. 접시들이 일사불란하게 그의 주변으로 떠오르며 함께 움직였다.

슬쩍슬쩍 구경하던 시선들 사이로 감탄이 터졌다.

그러든 말든.

이어서 도현은 양념을 챙겼다. 고추냉이와 간장, 초고추장. 절대 빠지면 안 되는 삼총사였다.

염교와 초생강을 담고 근처 한산한 테이블에 자리를 잡았다.

그리고 젓가락으로 초밥 하나를 집었다.

새끼손가락 크기의 작은 밥 위로 두툼한 생선살이 유혹하듯 조명에 반짝였다.

아랫입술을 혀로 축이며 고추냉이를 작게 올리고 고추냉이를 푼 간장에 살짝 찍어 입에 넣었다.

두툼한 살이 탱글탱글하게 씹히며 고추냉이가 코를 찔렀다. 엇박자로 간장 향이 생선살과 밥알을 한데 어우른다.

쫀득한 식감 뒤로 목 넘김과 함께 허탈이 몰려왔다. 잠깐 느낀 맛에 더 큰 갈증이 몰려와 바로 초밥 하나를 집었다.

지구에 돌아오고서 오랜만에 갔던 뷔페는 별천지였다. 부모님만큼 그리웠던 한국 음식을 제한 없이 먹을 수 있는 곳이었다.

벨트를 풀고 쓸어 담다 보니 어느새 뷔페를 거덜 내다가 쫓겨날 뻔했었다.

'그때에 비하면 지금은 양반이네.'

한 점씩, 다 씹고 여운을 즐기고 다시 한 점을 입에 넣는다.

이런 여유로 인해 제브라드에서 허했던 마음이 조금씩 차오름을 느꼈다.

"이런 음식이 제브라드에 있었으면 뒤집어졌겠지?"

문득 방문자들이 생각났다.

별것 아닌 밥상에도 감격하며 먹어 치우던 그 모습. 사실 밥상도 아니다. 그저 귀찮음이 묻어난 끼니 때우기에 불과했다.

누군가에게 내보이기엔 부끄러운 차림.

그런데도 순수하게 기뻐하고 감사해했다.

"신까지 욕보이면서 말이지."

픽.

신선하다면 신선한 경험.

그만큼 제브라드는 빈부 격차가 심했다. 밑바닥으로 노예가 있다면 최상위에는 왕과 귀족이 있었다.

빈부 격차가 당연한 세상.

누릴 수 없기에 더 절실히 느끼는 박탈감.

'그렇다면 그 기회를 누리게 해 주는 건 어떨까?'

왕이나 귀족을 이야기하는 것이 아니다. 그저 한 끼라도 맛있는 걸 먹을 수 있는, 아주 작은 기회를 말하는 것이었다.

일주일에 3명. 그리 많은 수는 아니었다.

'뭐, 더 늘어날지도 모르겠지만 그건 그때 가서 생각하고.'

어차피 배달 음식이란 아주 쉬운 방법이 있다.

가끔 밥시간에 맞춰 누군가 온다면 같이 먹어도 될 일.

"그러고 보니 엄마는 어떻게 요리를 하지?"

마트에 가고서 세상이 변했다는 게 피부로 느껴졌다. 생소한 재료, 그것들이 기존의 재료와 섞여 같은 맛을 내는 것도 신기했다.

'아니, 엄마가 요리를 잘하는 걸지도.'

자취를 시작한 지 얼마 안 됐을 때, 엄마가 알려 준 대로 만들어 봤지만 대실패를 했었던 기억이 있었다.

실력. 다른 말로 재능.

도현에게는 요리에 대한 특출한 재능은 없었다.

"이참에 요리나 배워 볼까?"

몬스터 고기에 절어 버린 미각도 돌아오는 듯했다.

제일 중요한 미각이 살아나니 괜스레 자신감도 따라 솟았다.

'노력을 안 해 봐서 그렇지, 하면 잘할 자신 있는데 말이야.'

그런 생각을 하며 초밥을 찾아 젓가락을 놀리는데, 잡히는 게 없다. 멍한 시선이 접시로 향했다.

빈 접시 위에서 젓가락이 춤추고 있었다.

"허……."

먹은 것 같지도 않은데 벌써 다 비워 버렸다.

도현의 식도락은 계속 이어졌다.

고기, 면, 튀김.

서양식의 빵과 수프, 디저트로 케이크와 쿠키, 과일까지 섭렵한 그는 배를 두드리고는 마지막으로 아이스 아메리카노를 마시며 생각했다.

"아빠는 왜 안 오지?"

2시간 가까이 이어진 식사 동안 우대성과 강혁은 올 생각을 안 했다.

'찾아봐야 하나?'

고민하며 두 사람이 사라졌던 방향을 바라봤다. 주변에는 처음보다 빈자리가 드물 정도로 사람이 많아졌다.

그 사이로 익숙한 사내 하나가 다가왔다.

"조카! 많이 기다렸지?"

강혁이었다.

"아빠는요?"

"화장실 갔다 온대. 근데 조카야."

맞은편에 앉은 강혁은 능글능글한 웃음을 띤 채 도현을 뚫어져라 응시했다.

도현은 어리둥절하면서도 왠지 모를 찝찝함을 느꼈다.

'이 아저씨, 성격이 좀 바뀐 것 같은데.'

어렴풋이 남은 기억 속 강혁은 털털한 옆집 아저씨였다. 그저 허탈하고 힘없는 웃음을 보고 안쓰러워했었는데, 지금 보니 어딘가에 꽂힌 눈빛이다.

'변태 불독처럼 맛이 간 눈빛인데?'

대답이 없자 근질근질한 강혁이 재차 입을 열었다.

"너도 헌터지? 몇 등급이냐?"

의심하던 도현이 순식간에 심드렁해졌다.

역시 괜히 왔다. 뷔페는 맛있었지만 말이다.

'아빠가 2시간이면 된다고 했으니.'

이미 약속한 시간은 채웠다.

즐겁게 배도 채웠겠다, 먼저 가더라도 별말은 없을 거다.

'그럼 일어나 볼까?'

본래라면 집에 돌아가서 종일 침대에서 뒹굴 생각이었지만, 음식을 먹다 보니 생각이 바뀌었다.

뭔가 만들어 보고 싶어졌다.

의자에서 일어난 도현이 강혁을 스쳐 지나갈 때였다. 두툼한 손이 도현의 팔을 잡고 놓아주지 않았다.

"조카야, 어디 가냐? 응?"

강혁의 동공이 고양이 눈처럼 변해 붉게 빛나다가 순식간에 사람의 눈으로 돌아왔다.

위협적이기보다는 흥분이었다.

'왜?'

미간을 찌푸리며 뿌리치려다가 문득 생각 하나가 도현의 머리를 스쳤다.

'설마 성적 취향이……?'

거기까지 생각이 미치자 팔에 소름이 돋았다.

그와 별개로 강혁은 잔뜩 흥분한 채 말을 이었다.

"이미 헌터 쪽에 네 소문이 쫙 깔렸다고? 듣자마자 찾아가고 싶었는데 예의가 아니잖아. 그래서 불렀지!"

'설마, 찌롱이?'

도현은 고개를 저었다. 입이 무겁기로 소문난 녀석이다.

'그럼 누구지?'

"야, 이 발정 난 개놈아!"

고민에 빠졌을 때, 저 멀리서 우대성이 소리치며 다급하게 달려왔다.

시뻘게진 얼굴로 씩씩대는 모습이 이상했다.

"아빠?"

"아, 벌써 왔어? 이야, 아직 안 죽었네."

놀림인지 감탄인지.

능글능글한 음성은 듣기만 해도 묘하게 신경을 긁었다.

"도현아, 괜찮니? 괜찮아? 저 개놈이 허튼짓한 거 아니지?"

개놈? 허튼짓?

'정말 취향이……?'

돌아온 이래, 도현이 처음으로 딱딱하게 굳었다.

사색이 된 얼굴로 자신을 살피는 아빠와 그 너머로 진한 웃음을 짓고 있는 강혁을 보자 뭔가 이상했다.

도현이 사실 확인을 위해 물어보려던 찰나, 허공에서 강혁의 시선과 부딪쳤다.

해죽.

강혁의 웃음에 도현의 몸에는 소름이 돋았다.

힘보단 기분 문제였다.

마침 우연하게도 주변 헌터들의 수군거림이 귀에 꽂혔다.

'저 미친… 발정 났어!'라든가, '미친개라 한번 물면 안 놓는다던데…'라는 안타까움이라든가, '신입이 또 학을 떼며 때려치우겠군.'하는 한탄의 목소리가.

그 사이로 아저씨의 흥분된 목소리가 들렸다.

"조카, 나랑 한 번만 싸우자. 응?"

도현의 얼굴이 구겨졌다.

✥ ✥ ✥

건물 지하 3층에 우대성과 강혁, 도현 셋이서 함께 내려왔다.

총 50층으로 이루어진 이 건물 전체가 헌터를 위한 곳이라는데, 그중 제일 자랑으로 여기는 것이 뷔페이고, 다음이 이 대련장이라고 했다.

대한민국 헌터의 정점, 1위인 차도식이 때려 부순다 해도 안 부서지는 견고함이라나?

그 말을 듣고 도현은 안전성에 대한 믿음이 싹 가셨다.

자신이 진심으로 했다가는 그대로 무너져 내릴 테니까.

그래도 '살살'까지는 괜찮지 않을까?

'최대한 가볍게 해야겠다.'

축구장 4개 크기의 대련장에 10미터 거리를 두고 마주 보고 섰다.

곧이어 대련장과 객석을 가르는 반투명 막이 생겨나며 대련장을 두껍게 가두었다.

왜 자랑이라고 하는지 이해가 가는 대목이었다.

"으하하, 대련이다, 대련!"

싸움에 미친 변태가 출랑대며 기뻐했다.

우대성은 강혁을 찢어 죽일 듯 쳐다보면서도 도현을 볼 때면 몹시 미안한 얼굴이 되었다.

비 맞은 강아지 눈빛이랄까.

애처로운 눈빛이 부담스러워서 뭐라 하기도 힘들었다.

"시작한다!"

말이 끝나기 무섭게 강혁의 몸에서 터져 나온 묵직한 마나가 대련장에 내려앉았다.

음, 이 정도면 나쁘지 않다.

도현은 작게 고개를 끄덕였다.

'일단은 툭툭으로.'

고민하는 사이 터져 나온 마나가 강혁의 몸을 둘러쌌다.

창백할 정도로 하얘진 얼굴이 짐승의 주둥이처럼 툭 튀어나왔다. 새카만 머리카락이 급속도로 자라나며 몸을 덮었다.

반들반들한 손이 수북한 털과 함께 두툼해지며 갈고리 같은 발톱이 요사스럽게 반짝였다.

아우우우-!

눈앞에 강혁은 사라지고 검은 늑대 한 마리가 흥분한 울음을 토해 냈다.

"웨어울프?"

도현은 아빠가 욕처럼 해 댔던 '개놈'의 뜻을 단박에 이해할 수 있었다.

떨떠름한 도현의 목소리가 채 가시기도 전에 강혁이 돌진해 왔다. 지구에 돌아와서 처음 보는 속도였다. 잘난 맛에 사는 차도식보다 두 단계는 높았다.

'이 정도면 살살도 괜찮을 것 같은데.'

갑자기 호기심이 생겼다. 게다가 웨어울프라니. 그래서 마나가 독특했던 걸까?

고민하던 도현의 시선이 구경하는 우대성과 마주쳤다.

'아빠, 패도 돼?'

'패 버려!'

'진짜?'

'그래! 복날 개 패듯… 비 오는 날 먼지 날 정도로!'

주먹질 시늉까지 하며 울분을 토해 내는 아빠를 보며 도현은 고개를 끄덕였다.
 두 사람이 사라졌을 때 무슨 일이 있었던 게 분명해 보였다.
 '아빠가 저렇게 원한다면야.'
 진한 웃음이 입가에 걸렸다.
 머리 위로 농구공만 한 손이 떨어졌다. 도현은 머리를 뒤로 젖혔다. 반동으로 흔들리는 머리카락 몇 가닥이 끊겨 허공에 날린다.
 가로로 쭉 찢어진 붉은 눈동자가 긴 잔상을 만들어 내며 도현을 쫓아왔다.
 범의 뒷다리보다 더 두꺼운 다리가 도현의 옆구리를 향해 날아왔다. 도현은 가볍게 다리를 들어 막았다.
 쫘아아앙!
 뼈와 근육이 부딪치는 소리라기엔 믿기지 않는 소음이 대련장을 울렸다. 보호막이 부르르 떨어 댔다.
 우대성은 양쪽 귀를 막고 몸을 움츠렸다. 보호막 밖인데도 여파가 상당했다.
 "좋아! 좋다고!"
 철제문도 비스킷처럼 씹어 먹을 톱니 이빨 사이로 잔뜩 흥분한 목소리가 튀어나왔다.
 도현은 심드렁한 얼굴로 주먹을 말아 쥐고 땅을 박찼다.
 세상이 느려진다.

그렇다고 한다 • 163

즐겁게 웃는 강혁의 얼굴이 슬로모션처럼 길게 늘어진다.

도현은 허점투성이로 서 있는 강혁의 품에 가볍게 파고들어갔다. 그리고 턱을 향해 주먹을 쳐올렸다.

빠각!

"깨갱!"

뼈가 부러지는 소리가 강혁 턱밑에서 들렸다.

몸이 허공에 떠오른다.

'피해야……!'

눈을 반짝이는 도현을 확인한 강혁은 몸을 틀려고 했지만, 힘이 쭉 빠진 몸은 말을 듣지 않았다.

거기다 세상이 핑 돌며 흐려졌다. 구역질까지 올라왔다.

한 방에 골이 흔들리면서 달팽이관까지 건드렸나 보다.

'크크큭, 한 방에 이 정도라니!'

최악의 상황임에도 강혁은 입가가 씰룩거리는 걸 감출 수 없었다.

붕 뜬 몸이 지면을 향해 떨어지기 시작했다. 그사이 순식간에 회복된 감각이 경고했다.

눈동자가 굴러 도현을 찾았다.

또렷해진 시야에 주먹을 쥐고 대기 중인 도현이 보였다.

씨익.

올라간 입꼬리와 달리 눈은 차갑기 그지없었다.

……!

두두두두두두!

둔탁한 북소리가 대련장을 울렸다. 초당 천 번의 주먹질이 강혁의 몸을 두들겼다.

관성의 법칙에 따라 지면에 떨어지려는 강혁의 몸은 마치 시간이 정지한 듯 허공에 뜬 채로 도현의 주먹세례를 받고 있었다.

현실감 없는 대련에 우대성은 몸을 사리는 것도 잊고 넋이 나간 채 멍하니 보고 있었다.

"크르륵!"

강혁의 입에서 붉은 피가 울컥 터졌다.

몸을 틀거나 팔다리를 움직이려 하면 어김없이 주먹이 꽂혔다.

반항하던 몸은 쉴 새 없이 쏟아지는 공격에 전의를 잃고 늘어졌다.

주먹질이 멈춘 건 1분이 지나서였다.

철퍼덕.

볼썽사납게 바닥에 쓰러진 강혁은 벼락이라도 맞은 듯 몸을 부르르 떨었다. 몸을 뒤덮었던 털이 점점 짧아졌다.

사람의 모습으로 돌아간 강혁은 덜덜 떨리는 팔을 억지로 들었다. 상쾌한 얼굴을 한 도현을 향해 엄지를 치켜들고 유언을 남겼다.

"최… 최고다!"

그 말을 끝으로 강혁은 기절했다.

30분 후.
"히야, 이번 대련은 정말 죽여줬어, 조카!"
멀쩡해진 몸으로 바닥에 앉은 강혁이 감탄을 내뱉었다.
일방적인 구타였지만, 때린 사람보다 속 시원한 모습의 강혁은 오랜만에 개운함을 느꼈다.
오히려 떨떠름해진 건 도현과 우대성이었다.
혹 하나 붙은 느낌이랄까.
'어쨌든 회복력 하나는 끝내주네.'
고개를 짤짤 흔들던 도현은 그것 하나만큼은 감탄했다.
잘만 키우면 좋은 샌드백이 되지 않을까.
가끔 스트레스도 풀고, 정보도 얻고 말이다.
'서로 이득이지.'
잠깐 그런 생각을 하던 도현의 어깨에 강혁이 일어나 팔을 둘렀다.
"조카야! 삼촌과 함께 헌터계를 평정하지 않겠느냐! 너, 네 아빠처럼 능력 썩힐 생각은 아니지? 그치? 설마 생각 없단 말은 하지 마라! 그건 천벌받을 일이라고!"
'이건 또 무슨 얘기지?'
게슴츠레한 도현의 시선이 아빠를 향했다. 괜히 딴청을 피우는 얼굴이 붉었다.

"저거 봐, 저거. 내가 그렇게 꼬셔도 안 돼요. 빽으로 자리 준대도 저래. 야, 우대성!"

발끈한 아빠의 목소리가 커졌다.

"야 이 자식아! 대련했으니 딴말 말아! 남아일언 중천금! 모르냐!"

얼굴이 붉게 달아오른 아빠의 모습을 도현은 묘한 눈으로 바라봤다.

학생 때 친구끼리 주고받을 그런 말투. 누구나 있었을 추억이지만 아빠의 저런 모습은 처음이었다.

'뭐, 나름 신선하네.'

늘 아들, 아들 거리던 모습만 봐 왔던 도현은 자신과 별반 다르지 않은 우대성을 보고 거리감이 조금 사라진 느낌이 들었다.

여기까지면 참 훈훈했을 텐데, 문제는 강혁이었다.

"남아일언 풍선껌이다, 새꺄!"

아빠를 향해 강혁이 주먹 감자를 먹였다.

"맙소사."

도현은 양손으로 얼굴을 가렸다.

왜 부끄러움은 자신의 몫인 건가.

제4장

쓸데없다

그 헌터의
자취방

셋은 푹신한 소파에 앉아 몸을 기댔다. 몸을 감싸는 최고급 가죽과 받쳐 주는 쿠션이 몸을 녹게 만든다.

소파 앞으로는 종잇장 같은 100인치 벽걸이 TV가 있었고, 방 2개와 주방까지 딸린 형태는 한 가정집을 떠올리게 만들었다.

이곳은 한국 헌터 협회 회장실.

강혁 혼자서 사용하는 사무실이었다.

헌터 협회 자체가 돈이 많은 걸까?

도현은 생각 이상으로 헌터의 대우가 좋다는 걸 깨달았다.

"꿀꺽, 꿀꺽, 꿀꺽, 푸핫!"

2리터의 생수통을 병째 원샷한 강혁이 대뜸 이야기를 꺼냈다.

"삼사 일 전인가. 도식이가 씩씩대며 하소연을 하더라."

"차 서방이?"

"차 서방? 아, 새끼, 괜히 부럽네. 아무튼 곡식 특급 워프에서 날짜가 아직 두 달이나 남았는데 보스가 나타났다는 거야. 그것도 2마리씩이나."

"그런 적은 없었잖아?"

도현은 고개를 갸웃거렸다.

2시간 동안 무슨 얘기를 했던 건지 우대성도 처음 듣는 듯한 모습이었다.

"그래. 그래서 4등급 워프가 순식간에 2등급이 됐지. 그 정도면 어떤 수준인지 너도 알 거 아니냐. 대성아."

"설마 그거……."

한참을 둘이서만 워프 이야기를 해 대던 강혁이 도현을 향해 턱짓했다.

"그래. 살려면 튀어야지. 그게 정석이지. 그런데 조카가 두 놈을 복날 개 패듯이 팼단다. 대련장에서 입을 뻥긋대던 누구씨 말처럼."

우대성이 뜨끔하며 '개 아니랄까 봐 귀는 어지간히 밝아요.'라며 빈정댔다.

강혁이 음흉한 웃음을 지으며 말을 이었다.

"그리고 사체가 말끔히 증발했지. 그게 대성이와 널 소환한 이유고."

이건 도현을 향한 설명이었다.

차도식과 하지현, 주 팀장이 알아서 처리한 내용을 알려 준 것이었다.

도현은 몰랐지만, 몬스터의 사체는 철저하게 관리된다.

누가 잡았으며, 상태가 어떤지, 어떤 경로로 거래가 됐는지.

그런데 누가 잡았다는 정보만 있고 사체 자체가 증발했으니, 심각한 상황에 이르러 버렸다.

그것도 3년 차 워프의 보스 몬스터 사체.

다행인 건 차도식이 다른 곳에 떠벌리지 않고 강혁에게 바로 찾아와 하소연했다는 것.

강혁은 그 대가로 도현에게 대련을 요구한 것이다.

하지만 우대성이 어떤 사람인가. 금이야 옥이야 키운 아들을 샌드백으로 쓰겠다는 친구 놈의 말을 허락할 리가 없었다.

물론 이런 설명은 제외한 채 우긴 대련이었지만 말이다.

실랑이가 길어지자 강혁은 우대성을 사무실에 가둬 둔 채 먼저 도현이 있는 뷔페로 내려온 것이었다.

전후 사정을 다 들은 도현은 절로 한숨이 나왔다.

직권 남용도 이런 직권 남용이 없었다.

'빨리 튀어야겠다.'

도현은 빨리 결론을 내렸다.

아빠의 친우라지만 이런 유형의 사람은 엮여도, 엮이지 않아도 피곤한 부류다.

부모님의 관심만으로도 인내심이 아슬아슬했던 도현에게 더 이상의 관심은 사절이었다.

생각을 끝낸 도현과 우대성의 시선이 슬쩍 마주쳤다.

"그럼 네 말대로 대련도 끝났으니까 이만 간다. 아들아, 가자."

우대성이 벌떡 일어나 옷매무새를 정리했다. 도현도 심드렁한 얼굴로 일어나 몸을 털었다.

흰 티에 청바지. 귀찮아서 같은 옷만 수십 벌 산 그는 인상을 구겼다. 대련으로 구겨진 주름과 옷에 묻은 흙먼지가 마음에 안 들었다.

"야야, 조카야, 너도 이렇게 가면 어떡하냐. 헌터계에는 너 같은 인재가 필요하다니까? 너 헌터 1위 해서 인기도 얻고 돈도 벌면 좋잖아? 응?"

꼬리만 있었으면 축 늘어져 낑낑대는 개의 모습과 흡사했다.

도현은 이런 사람이 협회장이라는 데 다시금 괴리감이 느껴졌다.

'뭐, 강혁 아저씨한테 일러바친 놈도 있는데.'

부부 아니랄까 봐.

현관문 앞에 서서 대답을 종용하는 강혁을 보며 도현은

딱 잘라 말했다.

"저 헌터 안 할 건데요."

"뭐? 그럼 아빠 회사 물려받으려고? 그건 헌터 해도 할 수 있잖아?"

아빠한테 슬쩍 시선이 갔다. 머쓱해하는 걸 보니 아마도 헌터를 무르려고 그렇게 둘러댄 듯했다.

"아닌데."

"그럼?"

"저 요리 배울 건데요."

둘은 경악한 얼굴로 도현을 쳐다봤다.

✥ ✥ ✥

도현은 팔에 살짝 힘을 줘 프라이팬을 흔들었다.

치이이익-

반동으로 김치전이 뒤집힌다. 묵은 김치 특유의 시큼한 냄새에 이어 고소한 향이 열기를 따라 풍겼다.

"음, 이건 됐고."

약한 불로 낮춘 그는 프라이팬 옆에서 끓고 있는 작은 냄비의 뚜껑을 열었다.

훅 끼치는 뜨거운 김 사이로 된장 냄새가 진하게 올라왔다. 도마 위에 썰어 둔 두부를 찌개 위에 올리고 숟가락을 들어 국물을 끼얹었다.

[취사가 완료되었습니다.]

그사이 밥솥에서 음성이 들려왔다.

저녁 8시 30분.

밥 먹기에는 조금 늦은 부산스러움.

도현은 식탁에 반찬 통을 통째 올려 뚜껑을 열었다. 뚜껑들은 음식물이 닿지 않게 포개어 옆으로 치우고 즐거운 마음으로 의자에 앉았다.

아빠가 데려다주면서 엄마가 보냈다는 반찬까지 다 깔고 보니 식탁 위에는 9첩 반상이 차려져 있었다.

거기에 흥이 돋아 만든 된장찌개와 김치전까지.

보기만 해도 흐뭇한 밥상이다.

갓 지은 밥을 한 술 퍼서 먹었다. 뜨끈한 김에 하아, 절로 입김을 날리니 달달한 흰쌀의 풍미가 입안 가득 채워진다.

한참을 씹고 음미한 도현은 엄마가 만들어 준 오이소박이를 들었다. 손에 묻는 걸 싫어하는 성격을 잘 아는 엄마의 오이소박이는 일반적인 모습과는 조금 달랐다.

새끼손가락 두께의 어슷썰기 한 오이. 그 사이에 3분의 2쯤 칼집을 내고 양념에 절인 짧은 부추로 채운 오이소박이다.

아삭아삭!

짭조름한 오이 맛 뒤로 양념에 버무린 부추가 함께 씹혔다.

부추 특유의 향이 젓국과 한데 어우러지며 매콤한 양념이 깔끔하게 입맛을 당겼다.

감탄과 함께 절로 콧노래가 나온다.

다음은 나물이었다.

채 썬 무를 볶아 익힌 무나물.

국물에 반쯤 담긴 모습은 별것 아닌 것 같아도 도현이 즐겨 찾는 반찬 중 하나였다.

그 옆으로 시금치, 데친 콩나물과 데친 부추 나물까지 입에 넣고 씹으니 입이 터질 듯 볼이 빵빵해졌다.

"맛있다."

이 나물들은 전부 같은 양념으로 만드는 걸 직접 봤다. 그런데도 그 맛이 다 달랐다.

'그게 나물 요리의 묘미지.'

도현은 흡족하게 고개를 끄덕이며 흐뭇한 미소를 지었다.

그 오랜 시간 제브라드에 있으면서도 잊을 수 없었던 음식들. 그래서인지 먹어도, 먹어도 물리지 않는다.

입안 가득한 나물의 여운을 뒤로하고 직접 부친 김치전을 향해 젓가락을 놀렸다.

취향이 명확한 그는 얇고 바삭한 전을 선호했다. 취향만큼 심혈을 기울여서인지 살짝 탄 듯 안 탄 듯 아슬아슬한 테두리와 노릇하게 구워진 불그스름한 김치전은 도현을 유혹하듯 선명한 자태를 보였다.

바사삭!

부서지는 겉면 사이로 쫀득한 식감에 눈을 반짝이는 와중에 묵은지 특유의 맛이 어우러지며 입안을 희롱했다.

"크으, 이 맛에 김치전을 먹지!"

그렇게 먹고 싶었던 김치전은 제브라드에선 도저히 구경할 수 없어 더한 갈증을 느꼈었다.

맛을 음미하며 감았던 눈을 뜨니 식탁 앞, 거실 너머 발코니가 눈에 들어왔다.

쏴아아아-

집에 들어올 때쯤부터 오기 시작한 비는 캄캄한 밤임에도 선명할 정도로 굵게 쏟아지고 있었다.

"이럴 땐 전에 막걸리가 딱인데."

한국식 나이에는 전혀 안 맞는 취향이었지만, 중고등학생 때 일탈의 추억이 살짝 떠올랐다.

'그러고 보니 그놈들은 잘 지내려나?'

중고등학교를 함께한 세 놈이 있었다. 자신까지 해서 고등학생 때는 꽤 유명했었는데, 각자 한 성격 하는 탓에 어울리는 게 불가사의라고 할 정도였다.

왜 돌아와서야 그놈들이 머릿속에 떠올랐을까.

이유는 아직도 모르겠지만, 만나 봐야지 하며 유야무야 보낸 시간이 벌써 1년이다.

'엄마한테 듣기로 이래저래 연락이 끊겨 버렸다고 했으

니까······.'

　입학 전, 계속 집에만 처박혀 있을 때.

　결국 폭발한 엄마가 친구라도 만나라며 잔소리를 했는데, 이미 전화번호는 바뀐 상태였고 엄마도 모른다고 했다.

'뭐, 엄마의 굴림도 끝났으니 차차 알아봐야지.'

　집에 처박혀 있을 때야 쉬고 싶다는 생각뿐이었지만, 지금은 마음에 여유가 생겼으니까.

　생각을 정리한 도현은 찌개를 한 숟갈 가득 펐다.

　우물우물.

　일주일에 한 번씩은 꼭 먹어 줘야 하는 된장찌개. 거르게 된다면 입안에 가시가 돋을 정도로 푹 빠졌다.

　행방불명 이후 집에 막 돌아왔을 때만 해도 걸신들린 듯 매일매일 한 솥째 퍼먹었는데, 그때에 비하면 그나마 장족의 발전이랄까.

"그나저나 방문자 놈들은 언제 오는 거야?"

　얼마 안 남은 시간에 은근 신경이 쓰였다.

　남은 시간이라고는 27시간 정도.

"진짜 한데 몰아서 오는 거 아니야?"

　경건함과 즐거움이 가득해야 할 밥상 앞에서 자신도 모르게 인상을 구겼다.

　그때였다. 방문이 열린 건.

　쿠당탕탕!

뒤엉켜 거실 바닥에 밀려온 두 놈과 문 앞에 깔끔하게 착지한 한 놈.

방문자였다.

"…그럼 그렇지."

이놈의 입이 웬수다.

도현은 한숨을 크게 쉬었다.

❖ ❖ ❖

그라드는 뼈를 울리는 고통에 질끈 감았던 눈을 떴다.

'여긴 어디… 아, 스승님!'

두 눈동자가 품으로 향했다. 50대 후반으로 보이는 사내는 조용히 잠든 것처럼 안겨 있었다.

'분명 탈출할 때만 해도 멀쩡하셨는데……'

생각 못한 기습을 대신 막으며 정신을 잃은 스승을 어떻게든 끌어안고 워프가 설치된 창고까지 왔다.

계속 따라붙는 암살자들을 떼어 낼 수 없어 결국 창고 문을 열어젖혔는데…….

'여기가 어디지?'

기억 속의 창고가 아니었다.

어둡고 퀴퀴해야 할 창고는 정오의 태양이 비치듯 눈부시게 밝았다.

냉기와 습기로 불쾌감이 느껴져야 할 바닥은 대리석을 깐 듯 매끈하고 깨끗했다. 거기에 미약한 온기가 올라오고 있었다.

그라드는 무엇에 홀린 듯 고개를 쭉 빼서 주변을 둘러보았다.

낯선 물건들이 가득한 곳이었다.

'설마, 워프가 함정이었나?'

현실을 믿지 못하고 워프가 있어야 할 곳으로 고개를 돌렸다.

『육전 냉면! 맛집을 찾아라!』

거기에는 이상한 언어와 그림이 계속 바뀌는 큰 액자 하나가 차지하고 있었다.

그라드의 눈은 절망으로 가득 찼다.

"워프가… 없어?"

"쥐새끼가 도망을 쳐 봤자지."

문 앞의 사내가 카랑카랑한 목소리로 킬킬댔다.

그라드는 반사적으로 몸을 떨었다.

겨우 2서클밖에 되지 않는 자신이 B등급, 마법사로 치면 5서클의 암살자를 상대한다는 말 자체가 우스웠다.

블러드 크레이지 엑마. 암살자임에도 피만 보면 환장해서 붙여진 이름이었다.

그라드가 이렇게 도망칠 수 있었던 것도 그가 즐기는 살인 법 중 하나였기 때문이다.
"낄낄, 여기가 어디든 네놈들의 무덤이란 건 변함없다. 그리고 거기 검은 쥐새끼."

 엑마가 고개를 들어 도현을 봤다. 바늘처럼 쏘아진 살기에도 태연하게 밥을 먹고 있었다. 엑마의 눈꼬리가 치켜지다 반달로 휘었다. 비웃음이었다.
"킥, 그래, 최후의 만찬을 즐기고 있도록 해라."

 그는 벌벌 떠는 그라드를 보며 끓어오르는 쾌감에 단도를 혀로 살짝 핥았다. 비릿한 피 냄새와 함께 뜨끈한 날의 감촉에 진한 숨을 내쉬었다.

 드디어 깊은 속에서부터 솟는 갈망을 풀어 줄 때가 되었다.
'우선은 마법사 쥐새끼부터.'
"넌 특별히 디저트로 즐겨 주지."

 도현을 맨 마지막으로 밀어 두며 그라드를 향해 한 발 움직였다.

'설마 저 검은 머리 사내가 우릴 도우려고……?'
 그라드의 눈이 흔들렸다.
 학파의 마법사들은 스승님을 구하면서 전부 목숨을 내놓았기 때문이다.
'그럴 리가 없어.'
 남은 마법사라고 해 봤자 자신과 스승이 전부였다.
 피어오르는 기대감을 지운 그라드는 빠르게 현실을 직

시했다.

 어디든 도망가야 했다. 그리고 스승님을…….

 푸욱!

 "크아아악!"

 오른쪽 팔뚝이 불에 덴 듯 뜨거운 고통에 그라드는 비명을 질렀다.

 몸이 바르르 떨렸다. 본능적으로 발버둥 치려고 했지만, 약자의 힘도, 마법도 이 암살자 앞에서는 무용지물이다.

 단도 등의 톱날이 그라드의 뼈를 톱질하며 기괴한 소리를 냈다.

 그라드는 처음 겪는 고통에 머릿속이 하얗게 변해 버렸다.

 "끄아아악!"

 "낄낄낄."

 미치광이처럼 웃는 목소리에 온몸이 푸들푸들 떨렸지만, 그라드는 입술을 꽉 씹고 정신을 다잡았다.

 '이… 이대로는 둘 다 죽는다!'

 자신이 죽더라도 스승님은 살려야 했다. 자신을 키워 주고 가르쳐 주신 분에 대한 최소한의 예의였다.

 그라드는 품에 안긴 스승을 발로 멀리 밀치며 속으로 조력자라는 사람에게 부탁했다.

 '스… 스승님을 부탁합니다!'

 도와주길 바라며 그라드는 부릅뜬 눈으로 미치광이 엑

마의 눈을 향해 왼손을 뻗었다.

 마지막으로 남은 마력을 쏟아붓는다. 생명을 불태워서라도 시간을 벌 생각이었다.

 하지만 손이 닿기도 전에 시야는 붉게 물든 단도로 가득 찼다.

 도현이 말했다.

 "그만."

 그 한마디에 단도가 그라드의 눈앞에서 뚝 멈췄다.

 "……?"

 당황한 엑마가 단도를 잡아당겼지만 꿈쩍하지 않았다. 마치 보이지 않는 벽에 단도가 박힌 듯 아무리 힘을 주고 흔들어도 움직이지 않았다.

 "이익!"

 시뻘게진 얼굴이 험악하게 일그러졌다. 홱 돌아간 고개가 도현을 향하며 진득한 살기가 뿜어져 나왔다.

 "이 쥐새끼가?"

 단도를 놓은 엑마는 두 번째 무기인 송곳을 들고 도현을 향해 찔렀다.

 도현은 낮게 한숨을 내쉬며 젓가락을 들어 자신의 관자놀이로 향하는 송곳을 잡아챘다.

 "헉!"

 '가, 강자다!'

엑마는 다급하게 무기를 버리고 몸을 빼려 했지만 몸이 말을 듣지 않았다.

허공에 박힌 단도처럼 알 수 없는 기운이 자신을 옥죄는 것을 느꼈기 때문이었다.

'이대로면 죽는다……!'

엑마는 딱딱하게 굳은 얼굴로 도현에게 물었다.

"너, 너는 누구냐!"

"하, 보자 보자 하니까."

방문자로 오는 것도 겨우 이해해 줬더니 이 상황은 도대체 뭔가.

도현은 식탁의 반찬을 보며 끓어오르는 짜증을 꾹꾹 눌러 담았다.

이놈들이 들어온 방문 위를 보니 붉은색의 숫자가 카운트되고 있었다.

[2:48:09]

2시간 48분 9초.

도현이 송곳을 잡고 있는 젓가락에서 손을 뗐다. 그러자 허공에 떠 있던 단도와 송곳, 젓가락이 흔적도 없이 지워져 버렸다.

"……!"

쓸데없다 • 185

바로 앞에서 지켜본 엑마는 충격으로 입만 뻐끔거렸다.

식탁 의자에서 일어난 도현은 거실에 낭자한 피를 보며 인상을 썼다.

깔끔하게 찌르고 치고 박고 할 줄 알았더니, 톱질은 또 뭐란 말인가.

"네가 무슨 톱 살인마라도 되냐?"

"푸, 풀어라! 당장 풀란 말이다!"

떨리는 목소리가 협박과는 거리가 멀었다.

실핏줄이 터져 붉게 변한 눈이 갈 곳을 잃고 방황한다.

'암살자가 두려움이라니.'

제정신으로 돌아온다 해도 밥벌이를 하려면 이제 다른 일을 찾아야 할 거다.

도현은 끅끅, 신음을 흘리는 그라드를 향해 다가갔다.

오른팔은 고깃덩이가 됐고, 왼팔은 강제로 멈춘 바람에 마나로 뒤틀려 있었다.

거실도 피와 잔해로 난장판이다.

조금만 더 시간을 지체하다가는 과다 출혈로 목숨이 간당간당하다.

"그레이트 리커버리."

도현이 나직하게 외쳤다. 진한 녹색 빛이 그라드의 몸 전체를 감쌌다.

아무렇게나 뒤틀린 왼팔이 우드득거리며 제자리를 찾았다.

오른팔의 피가 부글부글 끓어오르며 상처를 덮었다. 시간을 되감듯 상처가 나아 갔다.

 스승 구출로 다친 상처까지 완벽하게 나은 그라드는 믿기지 않는 듯 몸을 더듬으며 살폈다.

 마탑주도 쉽게 펼치지 못하는 8서클 완전 치유 마법이었다.

 이어 도현은 거실을 향해 손을 휘저었다. 더러워진 흔적이 빛으로 산화해 사라진다. 거실을 깨끗하게 정리하고 아직 굳은 채 구경 중인 엑마에게 다가갔다.

 꿀꺽!

 고양이 앞의 쥐처럼 변한 엑마는 도현이 두려웠다.

 자신의 무기를 흔적도 없이 사라지게 만든 것, 마법사의 상처도 말끔히 치유했고, 바닥의 흔적까지 지웠다.

 그중에 시동어를 뱉은 건 치유 마법뿐.

 "대, 대체… 드래곤……?"

 손짓 하나로 마법을 부리는 건 인간의 능력으로는 무리다. 그게 가능한 종족은 드래곤이나 신밖에 없었다.

 신은 비교할 수 없으니 그나마 현실성을 부여하자면 드래곤밖에 없다.

 "넌 좀 자라."

 도현의 말이 끝나기 무섭게 엑마는 줄이 끊어진 인형처럼 바닥에 쓰러졌다.

 그리고 조용히 일어난 그라드를 향해 식탁으로 눈짓했다.

쓸데없다 • 187

"이야기 좀 들어 볼까."

"사, 살려 주십시오!"

그라드는 다급하게 무릎을 꿇고 사정했다.

"스승님, 스승님 좀 살려 주십시오!"

무미건조한 시선이 그라드 너머로 향했다. 하얗게 질린 채 기절한 늙은 마법사.

50대쯤 됐을까. 검게 그을린 머리와 수염, 보이는 곳의 상처 외 멍 자국들. 탈출이라도 한 것일까?

"헤나지그 카 오르센, 실용마법학파의 수장이십니다. 정통 학파가 전통을 무시하고 학파 통일을 위해 암살자를 보냈습니다……."

'실용마법학파?'

도현은 자신이 심심풀이로 만든 학파가 튀어나오자 실소가 터져 나왔다.

중세 시대 문화에 가까운 제브라드를 보며 답답해서 만든 몇 가지의 마법이, 왕실 마법사를 통해 학파로 창설됐었다.

'아직도 남아 있을 줄이야.'

400년 세월이 무색해질 줄은 생각도 못했다.

학파의 수장이라는 헤나지그를 좀 더 살펴본 도현은 속으로 혀를 찼다.

'이제 끝인 것 같은데.'

예상은 정확했다.

쓰러진 헤나지그는 5서클 초입의 마법사다. 보통 7서클이 수장을 맡는 풍습에 비해 무척이나 부끄러운 수준이다.

눈앞에서 사정하는 젊은 마법사도 2서클 초입. 마법사라고 명함을 들이밀기에는 너무나도 조악했다.

'게다가 이 녀석……'

방금 상처를 치료하면서 눈치챘지만 몸속이 엉망이었다. 마나를 끌어 올릴수록 망가지는 몸.

그런 몸으로 2서클까지 배운 걸 보면 목숨을 걸었을 거다.

짠내가 나도 너무 나는 두 사람.

드라마였으면 그러겠거니 하겠지만, 막상 자신과 연관되는 사람이라 생각하니 괜히 욱한다.

'제브라드, 이런 놈들을 나한테 보냈다 이거지?'

500년 동안 느낀 것이지만 신은 간섭도, 도움도 주지 않았다.

제브라드의 가치를 따져 본다면 그저 그녀의 귀에 걸 액세서리 하나 정도?

그게 신이 생각하는 제브라드의 가치였다.

'치장 하나는 끝내줬는데.'

차원의 문 때문에 면담했던 그녀의 모습이 떠올랐다.

이별을 고하는 자리에 풀 메이크업을 하고 오는 여자의 모습이랄까.

쓸데없다 • 189

그리고 전 남친이 된 남자에게 잔에 든 물을 뿌릴…….

'아침 드라마를 너무 많이 봤어.'

나름 어울리겠다는 생각을 하며 고개를 저은 도현은 고개를 푹 숙인 채 벌벌 떠는 그라드에게 물었다.

"이름."

"예? 아, 그라드라 합니다. 2서클…….."

"됐고, 어떻게 하고 싶은데?"

"스승님을 살려 주시면……."

그라드가 같은 말만 반복하자 도현은 짜증이 몰려와 머리를 쓸어 올렸다.

"살려 줘 봤자 죽을 텐데? 설마, 이번이 끝이라고 생각하는 건 아니겠지?"

"예, 예……?"

"지킬 생각은 없냐?"

멍하게 쳐다보던 그라드의 눈에서 눈물이 주륵 흘러내리며 고개를 푹 숙여 버렸다. 그리고 무릎에 올린 주먹이 바르르 떨었다.

'보잘것없는 자신의 능력이 부끄러워서겠지.'

도현은 생각했던 말을 꺼냈다.

"나와 거래하자."

"거래… 말씀이십니까?"

"몇 살이지?"

"올해 열아홉입니다……."

"음, 성인식까지는 아직 1년 남았나?"

그라드가 얼떨떨한 음성으로 물었다.

"성인식은 3년 전에 했습니다……."

"아니, 혼혈 성인식 말이다. 넌 마족 혼혈이거든."

"무슨……?"

그라드가 멍청한 얼굴로 도현을 바라봤다.

도현은 이번 방문자를 보고 의심이 들었다.

'나와 관련된 놈들만 보내나?'

하지만 그 의심은 애매한 부분이 있었다.

처음 방문한 놈은 전혀 상관없는 놈이니까.

그렇지만 그놈은 도현 때문에 미래가 바뀌었다. 그 뒤로 친우의 후손인 헤미오르, 그리고 이번엔 자신 때문에 창설된 학파까지.

긴 시간 제브라드에 있었기 때문에 그의 흔적이 사라지기까지 많은 시간이 걸릴 거라는 건 예상한 일이었지만…….

그가 되돌아온 후 대한민국에서 지낸 시간은 이제 막 1년 반.

제브라드로 친다면 150년 정도.

적은 시간이 아닌데도 그의 유지는 어떻게든 흘러가고 있었다.

'어떡할까.'

도움을 주는 건 세르노아스 여식 하나면 됐다.

별것 아니었음에도 여식은 제국 최초로 여황이 될 거다.

게다가 이도교라는 우도현교를 국교로 삼는다.

제브라드 신교를 두고 자신의 교를 국교로 지정할 정도면 그녀는 강하다는 거겠지.

하지만 먼 미래의 이야기라 그런 건지, 시스템에서는 다른 보상이나 특출한 혜택도 없었다.

오히려 시스템이 이제 와서 자신의 생활에 간섭하는 게 못마땅했다.

그리고.

'단순한 문제 같지는 않단 말이지.'

자신의 능력이라면 해결해 주지 못할 건 없었다. 드래곤도 명함을 들이밀지 못하는 강함과 신의 제약도 없는 이계 인간.

그래서 가볍게 넘기기엔 찜찜했다.

'무슨 일이라도 일어난 건가?'

지구로 돌아온 지 고작 1년 반인데.

그냥저냥 생각 없이 귀찮다는 이유로 해결하려고만 들다가 자신의 안빈낙도의 삶과 멀어질 것 같았다.

'정보가 필요해.'

누군가 물어다 주는 정보가 아닌, 직접 보고 판단할 수 있는 정보 말이다.

도현은 인벤토리에서 검은 조약돌 하나를 꺼내 들었다.
"어둠의 정령석이다."
친화력이 없어도 당장에라도 정령과 계약이 가능한 정령석.
제브라드에 정령사는 드물고, 강한 정령사는 더 드물었다. 그 이유는 마나를 사용하는 게 아닌 친화력이 필요하기 때문이다.
마법사의 마나도 재능이지만, 친화력은 신이 주신 선물이라고 할 정도.
괜히 축복받았다는 말이 떠도는 게 아니었다.
그라드는 검은 조약돌을 보고 눈을 껌뻑였다.
"처음 듣습니다."
"당연하지. 이건 마족의 전유물이니까."
뭐, 다크 엘프라면 가능할지도.
멍청한 얼굴을 지운 그라드는 조심스럽게 일어났다.
"거래는 무엇입니까?"
"마족을 선택해."
"그게 끝입니까……?"
얼떨떨했다. 혼혈의 성인식 때 마족을 선택하는 게 끝이라고?
'고작 그게 끝일 리는 없어.'
목숨을 건 일이 이렇게 간단할 리 없다.

도현의 말을 의심한 그라드는 잔뜩 긴장한 채 이어질 말을 기다렸다.

"마계를 네 발아래에 둬."

미친.

"그게 말이 됩니까?"

고작 저 돌 하나의 값이라기엔 상상을 불허했다.

"네 스승도 살려 줄게."

"……!"

"저대로 두면 며칠 내로 죽을 거다."

그라드는 정신을 잃은 스승을 다시 한 번 바라봤다.

그렇지 않아도 하얗게 질렸던 안색이 파랗다 못해 시체처럼 느껴졌다.

체온도, 느려지는 숨소리도 문제가 있다고 느꼈지만, 그게 생명이 꺼져 가는 현상일 줄은…….

"정신 잃은 것과 연관이 있습니까?"

도현은 고개를 끄덕였다.

"널 살리기 위해 무리했지."

그라드는 무너지듯이 바닥에 주저앉았다. 벌겋게 충혈된 눈에서 맺히지도 못한 눈물이 흘러내렸다.

그라드는 거두어지는 순간부터 자신은 결국 짐 덩이라는 걸 알고 있었다.

'스승님… 아버지, 그렇게도 저를 살리려 하셨습니까…….'

바들바들 떨릴 정도로 꽉 쥐어진 주먹에서 붉은 피가 배어 나왔다.

"…어떻게 하면 됩니까?"

그라드는 꽉 다문 잇새로 한 자, 한 자 뱉어 냈다.

도현은 고민했다. 혼혈은 아무리 선택을 한다 해도 태생인 반마족에서 벗어나기 힘들다. 게다가 마족은 등급에 따라서 힘의 격차가 상상을 불허했다.

하지만.

뼉이나 선의가 아니라서 가능하다.

우도현, 자신이라서.

'게다가 정보처로 쓰기에도 딱이고.'

제브라드에서 추방당한 몸. 수단으로서 이렇게 적절할 수 없었다.

시스템이 무슨 의도로 이런 인연을 이어 준 건지 모르겠지만, 자신은 적당히 이용해 주면 될 일이었다.

그럴 거면 추방 낙인은 왜 찍은 건지.

'설마 제브라드조차 예상하지 못한 건가?'

그럼 누가?

갑자기 등골이 서늘해졌다.

'보험도 필요하겠어.'

정보를 물어다 줄 놈들만이 아닌, 필요하다면 써먹을 수 있는 놈들이.

어차피 써먹을 수 있을 만큼 수준을 높일 생각이었으니 계획에 더 적합해졌다.

마침 시스템이 알아서 방문자들을 보내 주니 잘 걸러 쓰면 될 일이고.

도현은 검은 조약돌을 건네며 말했다.

"우선은 그 정령석을 먹어. 그럼 어둠의 정령과 계약할 수 있을 거다."

그라드는 받은 정령석을 망설임 없이 입에 털어 넣었다. 단단한 돌덩이가 혀에 닿자마자 액체가 되어 사라졌다.

놀람과 동시에 온몸이 뜨거워지며 세상이 뒤집어졌다.

✥ ✥ ✥

그가 정신을 차린 건 그로부터 1시간 뒤였다.

불안정하고 위축되었던 모습은 사라지고, 당당하고 깊어진 눈빛의 그라드로 바뀌었다.

"다녀왔습니다."

그라드는 자신이 할 수 있는 최대한의 예의를 갖춰 도현에게 인사했다.

그사이 식사를 마치고 설거지까지 끝낸 도현은 고개를 끄덕이며 동상처럼 굳어 있던 엑마를 턱짓했다.

"알아서 처리해."

기절한 듯 움직임도 없던 엑마가 눈을 번쩍 뜨며 몸을 일으켰다.

도현의 눈치를 보던 놈은 자신을 무표정하게 보는 그라드와 시선이 마주치자 극도의 분노를 느꼈다.

달라진 그라드의 분위기도 눈치채지 못한 엑마는 분노에 몸을 맡긴 채 그라드를 향해 달려들었다.

'갈가리 찢어 버리겠다!'

엑마에게 있어서 2서클의 마법사는 5살짜리 꼬마와 다를 바 없었다.

엑마의 주먹에 거친 오러가 맺혔다. 그는 이대로 그라드의 심장에 주먹을 꽂아 몸을 폭발시킬 심산이었다.

순식간에 거리가 좁혀졌다. 무방비의 몸뚱이를 향해 주먹을 내지른다.

"죽어라!"

가슴에 주먹이 닿자 갈비뼈가 여린 나뭇가지처럼 부서진다. 주먹 크기만큼 움푹 팬 가슴 안으로 쏘아진 오러가 몸 내부의 심장을 터트렸다.

"낄낄낄!"

죽음을 확신한 엑마의 입가에 드디어 비웃음이 걸렸다.

"우웩!"

그라드의 입에서 시커먼 핏덩이가 쏟아졌다. 턱을 타고 흐른 피는 아직 가슴에 꽂혀 있는 엑마의 주먹 위로 떨어졌다.

"이제 끝이다!"

엑마는 한층 더 오러를 끌어 올렸다. 그리고 주먹을 꾹 밀기 시작했다. 생살이 찢기는 고통에 그라드의 몸이 들썩였다.

"……?"

주먹이 들어가지 않는다?

구멍을 뚫을 심산이었던 엑마는 더 이상 주먹이 들어가지 않자 의아해하며 고개를 들어 그라드를 확인했다.

"우웩!"

다시 토한 핏덩이가 엑마의 얼굴을 적셨다.

"이 쥐새끼… 어억!"

엑마는 자신의 가슴을 부여잡았다. 뜨끈한 덩어리가 터지는 느낌.

분명 자신의 심장이었다.

"이게 도대체……."

몸이 기울며 바닥으로 고꾸라지는 시야를 끝으로 어둠이 찾아왔다.

떨치던 악명에 비해 실로 허망한 죽음이었다.

방관하던 도현이 감상을 남겼다.

"상급이라. 꽤 소질 있네."

"감사합니다."

그라드, 아니 어둠의 정령 라스는 흠뻑 젖은 로브를 들어 보며 킬킬댔다.

발끝에 쓰러져 죽은 엑마를 붉은 눈으로 훑더니 입맛을 다셨다.

라스의 입이 쩍 벌어졌다. 아니, 몸 전체가 입밖에 없는 듯 세로로 쪼개지며 엑마를 집어삼켰다.

그사이 그라드는 스승 옆에 주저앉아 몸을 바르게 누이고 손을 잡았다.

얼음장처럼 차가운 손에 다시금 이를 악물었다.

모든 힘을 끌어내 라스를 소환한 그라드는 손가락 하나 움직일 힘도 없었다. 금방이라도 쓰러질 것만 같았다.

어둠의 정령.

4대 속성이라 일컫는 땅, 불, 바람, 물과는 완전히 상반되는 속성이었다.

친화력을 중시하는 정령사와 달리 마이너스 감정과 영혼의 강함에 따라 계약할 수 있으며 그 감정의 크기에 따라 급이 달랐다.

'상급.'

그라드는 스승의 손을 쥔 자신의 손을 바라봤다. 덜덜 떨리는 게 눈으로 봐도 심각할 정도다.

'내가 해치웠다.'

스승이 온전한 몸이라도 어려웠을 B급 살수를 자신의

능력으로 해치웠다.

첫 살인의 충격이 없을 순 없지만, 해냈다는 성취감이 더 컸다.

그리고.

"이 손으로 지킬 겁니다……!"

스승이자 아버지를, 더 나아가 학파까지도!

그라드는 도현의 말대로 죽지 않은 게 천운인 몸이었다.

그런 그가 상급 정령을 소환할 수 있었던 건 순전히 도현의 한마디 때문이었다.

'나와 거래하자.'

'네 스승도 살려 줄게.'

말이 어둠의 정령석이지, 애초에 어둠의 정령에는 정령석이 존재하지 않는다.

'마족의 영혼이 갈가리 찢겨 버리면 남게 되는 돌입니다. 악의만 응축되어 남게 되는 것이지요. 그것도 꽤 강한- 당신에겐 너무 과분합니다. 그러니 그대의 몸은 내가 잘 쓰겠습니다.'

친절한 설명 뒤로 라스의 공격이 이어졌다.

살이 찢기고 팔다리가 떨어져 나가고 몸뚱이만 남았을 때, 마주친 라스의 눈이 즐거움으로 가득 찬 걸 느꼈다.

익숙한 눈빛.

5살부터 시작된 괴롭힘, 무능력했던 날들이 머릿속을 헤집었다.

그와 함께 자신 때문에 죽어 가는 스승이자 아버지, 헤나지그가 오버랩되었다.

'죽여 버리겠다아아아악!'

내 영혼을 태워 모든 걸 잊는다 해도.

복수. 그것만이 내가 바라 마지않는 것.

꽈아악-

그라드는 '주먹을 내지른다.'라고 생각했다.

그리고 그 주먹은 라스의 머리통을 부쉈다.

의지의 발현. 강한 정신력만이 어둠의 정령을 부릴 수 있었다.

그라드가 떨리는 주먹을 꽉 쥐며 복수를 다시 다짐했을 때, 엑마의 탈을 쓴 라스가 도현을 향해 머리를 숙였다.

"입에 담을 수 없는 존재이시여. 라스, 인사드립니다."

정중하면서도 존경을 담아 인사.

'입에 담을 수 없는 존재'의 의미를 알게 된 그라드만이 몸을 떨었다.

그러든 말든 고개를 끄덕인 도현은 인벤토리에서 갈색 병

2개를 꺼냈다.

"다음으로 넘어가지."

상표 라벨만 붙였다면 드링크제로 보일 그런 외형이었다.

뚜껑을 열자 진득한 마나가 방을 가득 채웠다. 그 기운에 그라드와 라스가 눈을 부릅떴다.

도현은 검지를 씹어 피 한 방울씩 병에 넣고 뚜껑을 닫아 그라드에게 건넸다.

"하나는 네 스승에게, 하나는 네 거다."

공손히 받아 드는 그라드의 손이 떨렸다.

별것 아니라고 생각했던 정령석만 해도 과분한 은혜였다. 거기에 스승님을 살릴 수 있는 포션까지.

왜 2개인지는 모르겠지만, 어쨌든 스승을 살릴 수 있다는 것만으로도 가슴이 벅찼다.

"정말… 정말 감사합니다."

그라드는 틀어막힌 목구멍을 겨우 짜내어 감사의 인사를 했다.

19년 동안 살아오면서 자신에게 손을 내밀어 준 건 스승인 헤나지그밖에 없었다.

몇 시간 전 처음 만난 사내가 이런 호의를 보일 줄은 꿈에도 몰랐다.

'거래라고 했지만…….'

누가 이런 호의를 보이겠는가. 아무것도 이룬 게 없는 자신에게 말이다.

신뢰.

그 값이라기에는 너무나도 컸다.

"이 은혜, 절대 잊지 않겠습니다."

그라드는 엎드려 절할 기세로 다시 한 번 허리를 깊숙이 굽혀 인사를 하고, 조심스럽게 스승의 상체를 자신의 다리에 기울여 눕혔다.

얼음장같이 식은 스승의 몸에 울컥 분노가 치밀었다.

'절대 용서하지 않을 거다!'

목숨을 잃는다 하더라도 혼자 죽을 생각은 없었다.

그게 마탑의 수장이든, 나라의 왕이든, 철저하게 부수어 버리겠다고.

심호흡하며 감정을 가라앉힌 그라드는 스승의 입안으로 조금씩 천천히 액체를 흘렸다.

한 번, 두 번, 세 번.

한 번의 과정을 끝낼 때마다 얼음장 같던 몸에 온기가 돌고 혈색이 돌았다. 병이 비워지자 스승은 편안히 숨을 내쉬며 천천히 눈을 떴다.

"스승님!"

"그라드? 살아… 있는 거냐?"

"…예! 살아 있습니다."

쓸데없다 • 203

짧은 정황 설명 끝에 둘의 시선이 도현에게 향했다.

헤나지그는 억지로 몸을 일으켰다. 그라드가 놀라 부축하려고 했지만, 오히려 가뿐한 몸에 헤나지그가 더 놀라며 도현에게 머리를 숙였다.

"감사합니다. 정말 감사합니다. 이 은혜를… 어떻게 다 갚아야 할지. 은인님 성함이라도 알려 주시지 않겠습니까? 꼭, 꼭……."

"우도현."

"……!"

헤나지그의 말이 끝나기도 전에 도현은 자신의 이름을 밝혔다.

두 마법사는 고장 난 인형처럼 잠깐 굳었다 몸을 폈다.

적막감이 감돌았다. 먼저 입을 연 건 헤나지그였다.

눈을 지그시 감았다 뜬 그는 허탈한 듯 낮게 웃었다.

"허허… 소문으로만 듣던 귀한 분을 뵈어 정말 영광입니다."

도현의 덤덤한 시선에 두 마법사는 황송한 듯 다시 한 번 고개를 숙였다.

잠깐 고민하던 헤나지그가 말을 이었다.

"외람된 말씀입니다만, 이런 은혜를 베풀어 주시는 이유를 여쭈어도 되겠습니까?"

복잡한 헤나지그의 표정을 빤히 보던 도현은 픽 웃었다.

"그저 변덕이라 해 두지."
"예?"
멍청하게 되묻는 두 마법사를 보며 도현은 말을 툭 던졌다.
"그런데 너희들."
"……?"
"밥 먹을래?"

톡톡, 촤아아악!
달궈진 프라이팬에 계란이 퍼지며 하얗게 익어 갔다.
그라인더에 갈린 천일염을 계란 위에서 두 바퀴 돌린다.
7년 동안 간수를 뺀 천일염을 볶아서 간 엄마표 소금. 맛소금이 캐시 아이템이라면, 이건 치트키다.
중불로 낮추고 숫자를 센다.
하나, 둘, 셋… 열.
계란 끝이 바싹하게 구워지면 숟가락을 살짝 넣어 붙은 바닥을 정리하고 뒤집어 준다.
불을 끄고, 대접을 꺼내 고슬고슬하게 지어진 밥을 적당히 퍼 넣고, 엄마표 나물을 가짓수대로 올리기 시작했다.
무나물, 시금치, 콩나물, 부추 나물, 깻잎 무침.
그렇다. 이번 메뉴는 비빔밥이다.

혼자 사는 살림에 칼은 물론이고 포크도 없으니, 그냥 숟가락으로 먹을 수 있는 메뉴를 정한 거다.

'나물이 있으면 비빔밥이 진리지.'

오이소박이나 오징어 젓갈을 더 넣고 싶지만, 제브라드는 매운 음식이 보편화되어 있지 않아 제외했다.

'그것들보단 고추장을 올려야 완성인데.'

아쉽지만 이것도 매우니 패스.

마지막으로 잘 익은 계란 프라이를 깔끔하게 올렸다.

완성이다.

세 그릇을 식탁에 올리고 중앙에는 된장찌개와 먹기 좋게 자른 김치전을 놓았다.

"먹어."

한참 TV에 넋을 잃고 있던 3명이 쪼르르 달려와 앉았다.

"뭐 해? 안 먹어?"

셋은 어색하게 숟가락을 들어 밥과 숟가락만 살폈다.

'아, 사용법을 알 턱이 없지.'

도현은 새 숟가락을 들고 라스의 비빔밥을 비비며 설명했다.

"이렇게 비벼서 먹으면 돼."

어설프게나마 따라 하고 한 숟갈 퍼먹자 충격으로 몸을 부르르 떨었다.

그리고 셋은 경쟁이라도 하듯 그릇을 빠르게 비워 나갔다.

"대체 이건 무슨 음식입니까?"

충격으로 멍해진 헤나지그가 물었다.

"비빔밥."

"비빔밥?"

되물은 헤나지그는 어안이 벙벙했다.

아삭아삭한 식감에 짭조름한 맛이 느껴진다 싶더니 고소한 향과 진한 맛이 어우러져 음미하고 나면 이미 삼킨 후였다.

허탈한 마음에 다시 한 입 먹고 씹으면 다시 느껴지는 향과 식감에 취해 더 집중하지만, 목구멍이 빨리 내놓으라며 꿀떡 삼켜 버린다.

그렇게 한 그릇을 비우고 남은 건 갈증과 허탈감.

입안 가득 남은 여운만 그 마음을 달래려고 하지만, 오히려 갈증만 쌓였다.

그러고 보니 식탁 중앙에 놓인 두 음식은 온전한 상태였다.

헤나지그는 서툰 숟가락질로 김치 부침개 한 조각을 입에 넣었다.

와사삭!

바삭한 식감이 사라지기도 전에 짠맛과 진득한 질감이 매운맛과 함께 몰려왔다.

화끈거리는 느낌에 벌어지려는 입이 순간 어우러진 맛에 압도되어 본능적으로 씹었다.

'마, 맛있다… 아니, 이런 게 맛있을 수 있다니!'

고기가 들어가지 않음에도 맛을 낼 수 있다는 걸 처음 깨달았다.

'게다가 속이 더부룩하지 않다.'

속이 편안했다. 몸도 개운한 느낌이다. 음식을 종용하는 입안에는 특유의 텁텁함도 느껴지지 않았다.

육류에 치중된 식사가 당연한 제브라드 음식만 먹던 그에게는 엄청난 충격으로 와닿았다.

좋다. 즐겁다.

'식사란 게 이렇게 즐거운 거였나?'

"……!"

순간 헤나지그의 주변으로 강력한 마나가 밀려들어가기 시작했다.

6서클의 길이었다.

꾹 닫힌 눈을 다시 떴을 땐, 양푼째 밥을 비우고 있는 그라드와 라스가 보였다.

"이, 이놈들! 너희들만 먹느냐!"

한국대학교의 한 강의실.

문이 벌컥 열리며 4명의 사내가 들어왔다.

"으아, 아직 봄인데 뭐 이렇게 더워?"

"그러니까. 각성해도 더운 건 어째 똑같냐?"

김승재와 이민준이 상의를 펄럭이며 투덜댔다.

"그야 우리가 허접하니 그렇지. 7급인데 뭘 바라냐?"

"아우, 저 바가지를!"

이민준이 주먹을 쥐자 시민형은 잽싸게 고창하 뒤로 숨었다.

"어차피 학과 애들 태반이 7급인데 뭘 그렇게 열 올려."

강의실에 들어오자마자 에어컨을 켠 고창하가 심드렁하게 말하며 지정석에 앉았다.

시민형은 날렵하게 옆자리를 차지하고 태블릿을 꺼냈다.

"열 올리는 놈이나 재수 없게 현실감 돋는 소리 하는 놈이나."

한숨을 푹푹 내쉬던 김승재와 그런 김승재의 등을 툭 친 이민준이 앉으려다 딱딱하게 굳었다.

아무도 없어야 할 강의실에 한 사람이 턱을 괴고 앉아 있었기 때문이었다.

"아, 시바, 놀래라!"

"저거 수석 아냐?"

이민준이 검지로 가리키자 시민형과 고창하가 몸을 틀어 확인했다.

맨 끝 구석진 자리. 도현의 지정석이었다.

늘 같은 자세로 강의가 끝날 때까지 단 한 번도 안 깨고 자다고 해서 수석(睡石). 그가 실습으로 일주일 만에 다시 나왔다.

"근데 안 자네? 웬일이래?"

시민형이 순수하게 의아해했다.

"졸라 무섭네. 귀신이냐? 언제부터 저러고 있었다냐? 에어컨이라도 켜고 있지, 덥지도 않나."

김승재가 구시렁거리는 사이, 고창하는 몸을 바로 하며 콧등을 내려온 안경을 검지로 밀어 올렸다.

"뭐, 우리가 하는 밥줄 걱정 같진 않고 고르는 중이겠지."

"뭘 골라?"

시민형이 고개를 갸웃하자 김승재가 대답했다.

"학교냐, 헌터냐 아니겠냐. 뭐, 가업이 블랙홀이니 더 고민되겠지?"

"와 씨… 겁나 부럽네."

이민준이 부러움을 잔뜩 담아 툴툴댔다.

고창하는 친구들이 뭐라 하든 노트북을 켜 이번 주 시간표를 확인했다.

오늘부터 이어지는 리포트 위크.

최소 2주, 최대 3주로 이어지는 1학기 기말고사였다.

오늘 첫 강의는 워프학 개론. 워프 내부를 탐사하고 서식하는 모든 생물을 관찰, 기록 실습이다.

'그게 리포트지.'

1학기 동안 배운 탐사, 관찰, 기록을 평가하는 시간.

평가가 B 미만이 되면 다음 달에 있을 적성 테스트는 고사하고 학과에서 퇴출이다.

그나마 턱걸이라도 하면 비싼 계절 수업을 들어 학점을 보충하고 2학기를 시작할 수 있었다.

그만큼 워프에 대한 전문적인 지식을 갖고 있어야 하고, 매일매일 갱신되는 새로운 지식도 찾아 머릿속에 집어넣어야 하는 학과.

그런데도 엄청난 인기를 누리는 이유는 공무원이라는 안정적인 직업이면서 고소득의 호봉제 때문이었다.

거기다 파격적인 복지 제도도 한몫했다.

'문제는 대부분이 2년도 못 채우고 그만둔다는 거지.'

헌터가 만성 피로에 시달린다면 말 다 한 게 아니겠는가.

"하… 재벌 2세에 실습까지 하고도 저런 여유라니."

공무원이냐, 헌터냐, 가업이냐.

시민형의 상상 속 도현은 그런 고뇌에 빠진 모습처럼 보였다.

'그러니 실습을 늘리지도 않고 딱 일주일만 다녀왔겠지!'

오늘부터 리포트 위크 아닌가.

어쩌면 수석이란 별명도 반대가 극심한 부모님과의 마찰로 인해 빚어진 피로 때문일 거다.

이미 시민형이 어떤 망상을 하는지 눈치챈 김승재와 이민준은 고개를 절레절레 저었다.

오히려 열불이 난 건 김승재였다.

"아, 세상은 정말 부조리하다! 불공평하다고오오!"

이민준과 고창하는 깊은 한숨을 쉬며 낮게 혀를 찼다.

❖ ❖ ❖

10시 정각. 칼같이 들어온 담당 교수가 2절지 크기의 종이 2장을 화이트보드에 붙이고 말했다.

"5인 1조로 7등급 워프 탐사가 1학기 리포트입니다. 조 편성은 이미 배정해 두었으니 확인하시고, 입장 가능한 워프 리스트도 함께 붙여 뒀으니 확인하세요."

이미 조를 짜 둔 학생들 사이에서 불만이 터져 나왔다.

깔끔히 무시한 교수가 다시 말을 이었다.

"리포트 양식은 홈페이지 게시판에 업로드해 둘 테니 다운받으면 됩니다. 조 편성, 워프 리스트도 함께 업로드했습니다. 리포트 기한은 넉넉잡아 1주일. 시간 엄수합니다."

일주일? 탐사만으로 최소 4일을 잡아먹는데?

결국 학생들의 불만이 폭발했다.

"교수님, 너무합니다!"

"차라리 조 편성을 자유롭게 해 주십시오!"

쏟아지는 야유에도 교수는 얼굴색 하나 변하지 않고 다시 입을 열었다.

"나머지 시간은 조원들끼리 회의하시고, 강의는 마칩니다."

교수가 떠나자 강의실은 더 시끄러워졌다.

부족한 시간에 불만을 부르짖을 새도 없었다.

그렇게 팀별로 모인 학생들은 워프를 선택하고 계획을 짜야 했지만, 사람들이 모이니 분노로 교수를 씹어 대기 바빴다.

오히려 조용한 건 고창하와 그의 친구들이었다.

김승재가 갑작스럽게 벌떡 일어나 양팔을 숭배하듯 뻗었다.

"기뻐해라! 우린 또다시 4명이다!"

"오오오! 이 찰거머리 같은 인연! 도움은커녕 개똥도 안 되는 인연!"

"4인조 헌터 사무 공무원과 특고오옹대!"

이번엔 이민준과 시민형이 가세해 한마디씩 거들었다.

"근데 5인 1조라며? 나머지 한 사람은 누구야?"

기억력이 좋은 이민준이 김승재에게 물었지만, 대답은 고창하가 했다.

"우도현."

"엑?"

"아?"

멍청한 소리를 내며 놀라는 이민준과 시민형 사이로 김

승재가 상기된 얼굴로 외쳤다.
"대, 대박!"

도현은 강의실에서 턱을 괸 채 멍하니 허공을 보고 있었다.
반투명의 홀로그램 창.
이젠 익숙할 만도 했지만 여태 봤던 창들과 다른 창이었다.
커넥트(Connect) 창.

-아도노스 제국력 450년 1월-
[그라드가 5서클 마스터가 되었습니다! (후원하기/댓글 달기)]
[헤나지그 디 오르센이 가로등을 발명했습니다. 깨달음을 얻고 7서클에 진입합니다! (후원하기/댓글 달기)]
[대단한 업적! 실용마법학파의 위상이 제브라드를 떠들썩하게 만듭니다.]
[블러드 크레이지 엑마(어둠의 정령 라스(상급))가 최상급 암살자 30명을 처치합니다! 능력이 소폭 상승하였습니다.]
…….

"이거 뭔가 말린 느낌인데."

귀찮음이 잔뜩 묻은 나른한 목소리로 중얼거렸다.

방문자가 기습적으로 들어온 그날, 시간이 남아 밥을 먹자고 한 게 잘못인 걸까, 지구의 물건들을 관찰하게 둔 게 잘못인 걸까.

두 마법사는 전자 기기에 엄청난 관심을 보였고, 도현에게 질문을 쏟아 냈다.

1, 20분밖에 안 돼 짧게 끝나긴 했지만, 그게 아니었다면 몇 날 며칠을 달달 볶였을 거다.

도현이 거머리를 뗐다고 생각했을 때,

[피를 매개체로 유대감이 형성됩니다.]

[시스템-커넥트가 오픈됩니다.]

[대가 없이 방문자를 등록할 수 있습니다.]

거래라고 했지만, 첩자를 심어 보자는 생각에 했던 행동이 이런 결과를 만들어 낼 줄은 자신도 예상하지 못했다.

'내 피가 평범하지 않다는 건 알았지만.'

긴 세월 동안 너무 많은 생명을 앗아 버린 탓일까. 도현의 피는 더는 피라고 하기엔 무리가 있었다.

모든 병을 치료한다는 엘릭서가 될 수도 있었고, 모든 생명을 꺼 버리는 극독이 될 수도 있었다.

모든 것이 그의 의지에 따라 가능한 이 능력은 우도현교가 세워진 원인이기도 했다.

'그렇다 해도 이건 좀.'

눈살을 찌푸리면서도 빠르게 올라가는 메시지에서 눈을 떼지 않았다. 새로운 시스템을 발견해서다.

메시지의 단어마다 규칙이 있었다.

이름에는 밑줄만, 아이템은 글자색이 파란색이다. 명칭은 녹색으로, 적일 경우 붉은색 글자로 표시됐다.

그걸 손으로 터치하면 익숙한 창이 떴다.

[그라드]

19세/남

5서클 마스터(경험치 87퍼센트)

능력치[상세 보기+]

스킬[상세 보기+]

특이 사항

1. 커넥트(우도현) 관계로 경험치 1,000퍼센트 상태입니다.

2. 모든 능력치의 한계가 사라집니다.

3. 커넥터(우도현)에게 메시지를 받을 수 있습니다.

[메시지 보내기]

……

'무슨 고전 영지물도 아니고.'

아니, 신도 육성 시뮬레이션이려나.

신도 육성으로 제브라드 정복… 같은 거 말이다.

"아, 귀찮은 건 딱 질색인데."

급 피로해졌다.

"그러고 보니 뭔가 바뀌었는데."

기억을 더듬어 두 놈의 첫 상태창을 떠올렸다.

[그라드(19세/남)]

비운의 혼혈(사망)→마왕 서열 1위 그라드(각성)

능력치 상세 보기(+)

특이 사항

1. 곧 죽을 운명의 혼혈이었지만 우도현의 피로
오버-각성이 이루어집니다.
2. 우도현교의 절실한 신도로 명예 신도가 됩니다.(비공개)
3. 우도현과 커넥트 상태를 유지합니다.

[헤나지그 카 오르센(52세/남)]

실용마법학파 최후의 수장→실용마법학파의 전설,
제6마탑 창시자(마스터), 8서클 마스터

능력치 상세 보기(+)

특이 사항

1. 죽음의 끝에서 우도현의 피로 새 삶을 얻었습니다.
2. 모든 능력치가 비정상적으로 뛰어오릅니다.
3. 우도현교의 절실한 신도로 장로직에 오릅니다.
4. 헤미오르 쥬 노르세아스의 든든한 지원군이 됩니다.
5. 우도현과 커넥트 상태를 유지합니다.

'그놈의 우도현교……'

정리하고 돌아오는 거였는데, 방문자마다 얽히니 황당하달까, 소 뒷걸음질에 쥐 잡은 격이랄까.

'뭐, 될 대로 되라지.'

우도현교도, 방문자들의 바뀐 운명도 이젠 자신의 손을 떠났다.

아무튼 여기까진 괜찮았다.

문제는 이다음에 뜬 내용이었다.

[알림]
헤미오르 쥬 노르세아스가 커넥트 시스템을 원합니다.

'넌 왜 거기서 나와?'

도현의 마음을 알아차렸는지 주기적으로 울려 대는 항

의성 짙은 알림에 없는 피로까지 몰려와 결국 커넥트 창의 모든 알림을 꺼 버렸다.

그리고 새롭게 갱신된 스코어.

[현재 방문 가능자 수:0]

[일주일 스코어:A]

[조언:나쁘지 않습니다. 하지만 종족에 따른 음식의 다양성을 추구해 보는 건 어떨까요?]

[네 번째 방문자부터 '이종족'이 추가됩니다.]

[돌발 퀘스트]
워프에서 구한 재료로 요리를 만들어 방문자의 만족도를
이끌어 보세요!
이종족 방문자의 만족도 A 달성하기.
보상:농장

농장이라니.

"이젠 하다못해 생산부터 시작하라고?"

이렇게 퀘스트까지 나타나서 사람을 괴롭힌다.

"이러다 요리사란 직업까지 강제로 생길 지경이네."

너른 마음으로 방문자 대접까진 이해한다지만, 이건 좀

너무하다.
"하아, 그냥 다 때려치울까?"
"뭐? 때려치워?"
"안 돼애애애!"

제5장

몸에도 좋고 맛도 좋은

그 헌터의
자취방

 정말 진지하게 생각하던 도현은 옆에서 들린 목소리에 얼굴을 돌렸다.
 거기엔 망연자실한 두 학생과 시크한지 시큰둥한지 모를 멀대 하나, 그 뒤에 붙어 도현을 훔쳐보는 바가지머리의 매미 하나가 있었다.
 웃는지 우는지 모를 모호한 얼굴로 김승재가 다시 물었다.
 "진짜 그만둘 거 아니지? 아닐 거야. 그러면 안 된다고! 넌 우리의 보… 웁!"
 "야, 때려치운다는데 휴학이겠냐? 자퇴지, 자퇴. 가 아니라! 우리 같은 조인데 빠지면 안 되지! 리포트 워크라고!"
 이민준이 김승재의 입을 막고 뒤로 밀어 버리며 도현에게 애원했다.

심기 불편한 도현이 인상을 구겼다.

"뭐야?"

"리포트 위크. 조별 리포트 때문이지. 5인 1조인데 마지막 조원이 너거든."

고창하가 특유의 사무적인 말투로 설명했다.

도현의 자리까지 오면서 넷은 많은 시나리오를 생각했다.

출석만 하고 잠만 자는 동기. 그렇지만 집도 빵빵하고, 현장 실습서를 내고 멀쩡하게 돌아온 것만 해도 실력이 있는 보물.

그런 보물이 하필 오늘은 고민이 많아 보이니 넷은 불안에 떨었다.

설마 시작하기도 전에 도현이 학교를 때려치울까 봐. 봉이 달아나는 건 둘째 치고 인원 충당도 되지 않는 살인적인 레포트 위크라서 더 문제였다.

긴장한 네 쌍의 시선을 받은 도현은 손을 휘휘 저으며 거절할 생각이었다.

엄마만 안 떠올랐으면 말이다.

'분명 전부 보고받고 있겠지?'

막대한 기부금, 4년 치 학비 전부 완납.

이사장까지 구워삶아 돈독한 사이라고 아빠가 슬쩍 말해 줬으니 조용히, 무난하게 졸업은 해야 했다.

아니면 평생 독립은 없다고 했으니까.

'차라리 요리가 나을지도.'

울며 겨자 먹기에 가까운 선택이지만 이건 그나마 관심 부류 아닌가.

'전과나 해 달라고 해 볼까.'

곧 한 학기가 끝나니, 그때 가서 요리 관련 학과로 전과를 얘기해도 괜찮을 것 같다.

예식장에서 노발대발했었지만, 끌려다니며 정신적 피로까지 받느니 타협점을 찾아볼 심산이었다.

'그건 그렇고, 리포트 위크?'

커넥트 창 때문에 교수의 말을 흘려들은 도현이 넷을 향해 되물었다.

"리포트 위크가 뭔데?"

"워프 탐사."

"워프에 들어가서 워프 생태계를 조사하는 거지! 어떻게 생겼는지, 어떤 환경인지, 동식물, 몬스터 전부!"

고창하의 단답과 달리 신이 난 듯 김승재가 설명했다.

"빽 있으면 부탁해도 된댔어."

"야, 이민준!"

너무 적나라한 말에 김승재의 얼굴이 붉어졌다.

"뭐 어때? 너도 아까 그랬잖아?"

김승재가 소리를 지르려던 차에 고창하가 둘을 떨어뜨

리고 말했다.

"좀 웃긴 상황이 되긴 했는데, 그렇다고 우리가 매달리는 건 아니고 조 편성이 이러니까 의견 들으러 온 거야."

"조사할 워프도 골라야 하고, 리포트 분담도 해야 하니까."

고창하 뒤에서 얼굴만 빼죽 내민 시민형도 한마디 거들었다.

"7등급 워프는 너무 기초적이라 못 가. 보통 5, 6등급 워프에 가는데 그것도 쉽지 않아. 그래서 나온 편법이 있어."

"그게 생산 워프지. 생산 워프는 7등급이 제일 많거든? 근데 졸라 넓어서 탐사 시간만 일주일은 걸려. 결국 100퍼센트 탐사는 무리야."

"게다가 전국구거든. 아마 2, 3일 뒤면 입장도 못해."

고창하 양옆에 선 김승재와 이민준이 보충 설명했다.

이해한 도현이 고개를 끄덕이며 대답하려던 때였다.

지이이잉, 지이이잉!

'이 시간에 전화 올 사람이……'

리포트 소식을 들은 엄마의 전화인가 싶어 확인했더니 하지현이었다.

"어, 왜?"

(워프 탐사 리포트 떴다며?)

"어."

뭐지, 이 뭔지 모를 위화감은……?

엄마에 이어 여동생까지 알고 있다니?

(도와줄게. 워프는 정했어?)

"아니."

(그럼 괜찮은 워프 있는데, 4등급 정도야. 어때?)

"……."

여기서 더 물어봤자 결과는 변하지 않는다는 걸 깨달았다. 그리고 자신을 향한 시선들.

통화를 시작했을 때부터 느껴지던 시선이 이젠 강의장 전체로 번졌다.

다들 각성자이다 보니 통화 내용을 엿듣는 것 정도는 숨 쉬는 것만큼 쉽다.

뒷배경이나 현장 실습을 다녀온 게 아니었다면 학생들에게 워프 셔틀이라도 당했을 분위기였다.

'참 나, 왕따도 아니고.'

피식 웃은 도현은 다시 '어.'라고 대답했다.

(그럼 내일 보자. 모일 곳은 큰아빠 회사 앞, 오전 7시! 내일 봐!)

휴대폰을 내려놓자 기대에 찬 4명의 시선이 상대방이 누군지 묻고 있었다.

"들었지? 오전 7시, 블랙홀 앞."

4명이 고개를 끄덕인다. 하지만 원했던 답이 아닌지 실망한 기색이었다. 어수선했던 강의실도 웬일인지 조용했다.

몸에도 좋고 맛도 좋은 · 227

김승재가 궁금증을 참지 못하고 물었다.

"저기… 여자던데, 누구야?"

'목소리만 들어서는 모르는 건가?'

도현은 몰랐다.

블랙홀의 전속 헌터는 채 10명밖에 되지 않지만, 계약으로 움직이는 헌터는 100명이 넘어간다는 걸.

"하지현. 뭐, 랭크 2위라고 하던……"

"하지현?"

"시팔, 존나 부럽다!"

도현의 한마디에 강의실이 시장통이 되었다.

다음 날, 모두가 모여 간 곳은 상도근린공원이 있는 국사봉이었다.

도심 속 뒷동산인 이곳에 워프가 생겨난 건 1년 전쯤.

"그러니까, 오늘이 1주기란 말이지."

차도식이 모두의 시선을 한 몸에 받으며 브리핑 중이었다.

"하지만! 걱정할 것 없다. 1주기에는 이 몸 혼자서도 가능해."

"역시 헌터의 정점! 차도식 헌터님이십니다!"

"3급 헌터! 최고의 헌터! 차도식 헌터님!"

자신감 가득한 말에 하지현과 이번에도 함께하게 된 주 팀장이 작게 한숨을 내쉬었지만, 눈을 반짝이는 4명… 아니, 2명의 학생이 분위기를 띄우는 통에 제지도 못했다.

이런 호응이야말로 존재의 이유라고 차도식 자신이 떠들어 대니 말이다.

오죽하면 별명이 '공식 관종'이겠는가.

"굳이 이 시기에 오자고 한 이유가 뭔지-"

도현은 오른손으로 턱을 괴고 삐딱하게 중얼거렸다.

맞은편에 앉은 하지현이 의기양양한 얼굴로 설명했다.

"그야, 특수 던전이니까."

"헉, 특수 던전!"

"생산 워프의 특수 던전이라니이이이!"

김승재와 이민준이 호들갑을 떨며 두 헌터를 찬양했다. 호들갑의 끝은 이런 배경을 가진 도현을 향했지만, 당사자는 떨떠름했다.

"적당히 안 되나."

그런 도현만큼 반갑지 않은 시민형이 툴툴댔다. 모두의 시선이 집중되든 말든 시민형도 도현만큼이나 주변보다는 자신이 더 중요한 사람이었다.

분위기가 어색해지려 할 때, 고창하가 손을 살짝 들었다.

"저희는 어떻게 하면 됩니까? 1주기면 들어가는 것도 위험할 텐데요."

몸에도 좋고 맛도 좋은 • 229

"그건 여기 주나근 팀장님이 알아서 해 주실 거야."

1주기로 강해진 몬스터들은 차도식과 하지현이 정리하며 리포트에 필요한 정보는 제공하는 쪽으로 이야기가 끝났다.

"이번 워프는 하리오카 과수원. 본래라면 여물 시기는 아니지만 1주기와 겹쳐서 최상급 하리오카도 맛볼 수 있다. 물론 이것도 리포트 제출 가능하다."

"아싸, 가산점!"

이번엔 김승재보다 엉덩이가 덜 가벼운 이민준이 환호했다.

"고창하 학생 말처럼 그만큼 위험하다. 조사했겠지만, 하리오카는 둠고블린의 주식이기도 하다."

대개 생산 워프에는 생산과 관련된 몬스터들이 필수적으로 함께 딸려 왔다.

주기에 들어선 생산 워프는 품질이 올라가는 반면 몬스터들도 강해진다. 대개 1주기에는 이름을 부여받은 몬스터, 네임드가 나오며 2주기에는 몬스터들의 왕이 나오는 게 그 예였다.

"브리핑은 이 정도로 하고, 질문 있습니까?"

워프 탐사와 지형, 생태계 조사, 거기에 필요한 마나석 기반의 전자 기기도 블랙홀에서 무상 대여해 주었다.

거기다 헌터가 학생들을 인솔하는 형태이니, 호사도 이

런 호사가 없었다.

"그럼 물품을 한 번만 더 점검하고 입장하겠습니다."

각자 가방이나 인벤토리를 확인하는 동안 도현은 간이용 회의 텐트 밖의 워프 입구인 조각난 달을 슬쩍 확인했다.

초록색이라지만 푸른색이 섞여 빛을 발하는 모습이 무척 몽환적이다. 그리고 조각난 비스킷처럼 불균형한 외형이 여태 봤던 워프 중에서 가장 작고 특이했다.

'2미터는 되려나?'

도현이 하지현에게 들은 바로는 워프 입구가 작으면 작을수록 워프 속 세계는 넓어진다고 했다.

'과수원이랬으니 꽤 넓겠지.'

설마, 벼만 있던 무한 평야보다 넓을까.

그사이 점검이 끝나고 텐트를 정리했을 때, 멀리서 차도식을 부르는 소리가 들렸다.

"차 헌터님! 하 헌터님! 주 팀장님! 늦어서 죄송합니다!"

정리가 안 된 긴 머리에 진한 다크서클이 음침해 보이는 겉모습과 달리 흰 가운을 걸친 여자가 허겁지겁 달려왔. 그 뒤로 남녀 5명이 병아리처럼 줄줄이 이어졌다.

"그렇지 않아도 기다리고 있었어요, 진 박사님."

하지현이 무척 반갑게 맞이했다.

[4등급 워프, 하리오카 과수원에 입장하셨습니다.]

저번 주 매일 한 번씩 들었던 알림이 머릿속에 울렸다.

몸에도 좋고 맛도 좋은 · 231

'다시는 오고 싶지 않았는데.'

그래서일까. 아침부터 떨떠름한 마음이 영 펴지질 않았다.

도현은 조금 익숙해진 워프의 마나가 오늘따라 묘하게 느껴졌다.

이전까지는 제브라드를 추억하는 느낌이었다면 지금은 제브라드의 어느 땅을 밟고 선 느낌이랄까.

'커넥트 때문인가?'

괜한 일을 벌였나 싶은 생각이 들었지만, 그렇다고 넋 놓고 있다가 뒤통수 맞는 건 사양이다.

그러니 추방당한 몸은 꼼수를 쓰는 수밖에.

그것도 안 한다면 방문자니 뭐니 시스템 때문에 제브라드인들의 뒤치다꺼리를 할 이유가 없었다.

'그렇다 해도 마음에 안 드는 건 어쩔 수 없나.'

시스템상 더 높은 난이도를 요구할 것이고, 시간이 지나면 안락했던 자신만의 보금자리가 시끌벅적한 음식점이 되어 있을지도 모를 일이었다.

거기까지 생각이 치닫자, 도현은 팔에 소름이 돋았다.

'이거 아무래도 코가 꿰인 것 같은데.'

그래도 정보처와 커넥트 시스템을 얻었으니 나쁘지는 않달까.

미간을 좁히며 방문자를 생각하던 도현은 습하고 더운 공기에 주변을 훑었다.

'과수원이라더니 공기가 왜 이래?'

한증막에 들어온 것 같은 기분이었다.

빌라 한 채 높이에 성인 3명이 손잡고 빙 두르면 나올 두께의 나무.

크기에 맞게 파라솔처럼 무식하게 넓은 잎이 하늘을 가렸지만, 쨍한 햇살을 다 막기에는 역부족이었다.

'아, 시원한 맥주 한 캔 했으면 딱인데.'

도현이 그런 생각을 할 때쯤 옆에서 휘파람이 들렸다.

"이게 전부 하리오카야?"

"우와, 쩌, 쩐다! 이게 대체 얼마야?"

김승재와 이민준이었다.

초등학생에게서나 볼 법한 호들갑에 도현은 혀를 차려다 이들의 나이가 20살이라는 걸 깨달았다.

'좋을 때다.'

그런 늙은이 같은 생각이 끝날 때쯤, 차도식이 시선을 모았다.

"1주기에 들어선 워프다. 브리핑 때도 말했지만, 지식은 잊고 무조건 리더인 내 말을 우선으로 한다. 그리고 늦었지만 워프 탐사를 도와주실 분을 소개하겠다. 진 박사님."

입장 직전 합류한 진미경이 차도식 옆에 섰다.

"진미경입니다. 오늘 워프 1주기 연구, 탐사를 위해 함께 하게 되었습니다. 편하게 진 박사라고 불러 주세요."

여자치고는 낮고 딱딱한 목소리.

대충 틀어 올려 볼펜으로 고정시킨 머리에 진한 다크서클이 인상적이었다.

김승재와 시민형이 들뜬 얼굴로 환호했다.

"우오오오! 반갑습니다!"

관심 없는 도현만 몰랐지, 그녀는 4급 헌터이면서 워프 연구소 1팀의 소장으로, 워프 연구라는 분야를 개척한 위인으로 유명했다.

"⋯⋯?"

뜨거운 시선에 도현이 고개를 돌리자 고창하가 빤히 쳐다보며 눈으로 물었다.

'도대체 너 정체가 뭐야?'

그저 전화를 받았을 뿐, 그 외에는 자신도 모르는 일이지만 딱히 변명하지 않으니 오해가 쌓여만 갔다.

'그렇다고 오해를 풀 생각도 없지만.'

어깨를 으쓱인 도현은 주변의 나무들을 살폈다.

워프의 이름이기도 한 나무의 열매를 찾아보기 위해서였다.

하리오카 열매.

브리핑 때 들은 멜론처럼 빵빵한 참외라는 말에 어이가 없었지만.

'진짜 그렇게 생겼잖아?'

헛웃음을 흘린 그는 고개를 끄덕였다. 그만큼 적절한 설명은 없다고.

이래 봬도 달고 맛있단다. 거기다 피로 회복에도 좋고 미용에 탁월하다고.

듣기만 했을 땐 심드렁했지만, 열매를 확인하자 자신도 모르게 군침이 돌았다.

'나중에 하나 먹어 봐야지.'

입맛을 쩝 다신 도현은 박수 소리에 고개를 돌렸다.

"곧바로 둠고블린을 정리하러 간다."

차도식이 행선지를 알리며 몸을 돌렸다.

본격적인 워프 탐험이 시작되었다.

목적지는 동쪽 둠고블린 무리.

하리오카 과수원에서 3킬로미터 떨어진 곳이었다.

차도식과 하지현이 선두로, 주 팀장과 진 박사가 끝을 맡고 학생들과 도현이 중앙에서 걸었다.

한시도 가만히 있지 않고 떠들던 김승재와 이민준도 긴장한 탓인지 입을 닫고 묵묵히 걷기만 했다.

하리오카 열매가 둠고블린의 주식이라서일까. 무리까지 이어지는 길은 생각보다 잘 다듬어져 있었다.

"그쪽, 우도현 학생 맞습니까?"

생각 없이 걷던 도현 옆으로 진 박사가 다가왔다.

"그런데요."

"잘 부탁합니다."

한참을 빤히 쳐다보던 그녀는 그렇게 고개를 까딱이고 뒤로 돌아갔다.

뭔가 몹시 귀찮은 일에 휘말릴 것 같은 느낌이 들지만…

'아, 모르겠다.'

정 안 되면 튀어 버리면 된다. 마음먹고 튀면 그 누구도 그를 못 찾는 건 기정사실이니까.

20분 정도 걸었을까. 숲이 끝나고 드넓은 초록 평야가 시원하게 보였다.

차도식은 저 멀리 둠고블린 무리를 살폈다.

여기서 300미터의 거리. 마나를 끌어 올려 눈에 집중하면 둠고블린의 눈, 코, 입도 볼 수 있었다.

풀과 나뭇가지로 엮은 익숙한 울타리가 보였다. 3미터의 긴 울타리를 넘어 봉긋한 끝부분만 보이는 움집들이 드문드문 눈에 띄었다.

그 사이마다 하리오카 나무들이 넓은 잎을 뽐내며 솟아 있었다.

적어도 20미터는 될 크기. 울타리와 움막들이 보이지 않았다면 또 다른 과수원이라고 착각할 정도였다.

'그러고 보니 둠고블린 무리에 하리오카 나무가 있었나?'

상태를 살피던 두 헌터는 진지하게 시선을 교환했다.

고개를 끄덕인 차도식이 뒤에서 대기하는 인원에게 말

했다.

"모두 여기서 대기한다. 주 팀장님."

살짝 긴장한 주 팀장의 시선에 차도식이 작게 고개를 끄덕였다.

주 팀장은 인벤토리에서 꺼낸 투명한 큐브를 손바닥에 올리고 마력을 주입했다.

차자자작!

주 팀장을 중심으로 10미터 크기의 유리창이 두 헌터를 제외한 인원을 감쌌다.

정육면체, 은어로 각얼음이라 불리는 이 아이템은 최고급 보호막으로 쉽게 쓰기 힘든 비싼 소모품이었다.

"나와 하 헌터가 정찰하고 오겠다. 그동안 주 팀장님과 진 박사님을 중심으로 여기서 대기한다."

말을 마치자마자 두 사람은 둠고블린의 무리로 향했다.

"기다리는 동안 워프 탐사를 하겠습니다."

긴장으로 곤두서려는 분위기가 진 박사의 말에 부드러워졌다. 그녀는 설명 없이 땅 위로 손바닥을 펼치며 마나를 끌어 올렸다.

그러자 잡초들이 무성한 땅이 꿀렁거리더니 30센티미터도 안 될 크기의 흙인형이 솟아났다.

그녀의 힘인 땅의 정령이었다.

"파트너 흐기예요. 얘가 탐사를 도와줄 겁니다."

몸에도 좋고 맛도 좋은 • 237

"저, 정령!"

"뭐, 귀엽네."

학생들 사이에서 이민준과 시민형의 목소리가 튀어나왔다.

정령을 부를 수 있는 각성자는 꽤 귀한 편이다. 그중에서도 헌터로 등록된 각성자는 채 100명이 되지 않았다.

진 박사는 주변의 말을 무시하고 정령에게 부탁했다.

"주변 탐사 좀 도와줘."

고개를 끄덕인 흙 정령은 다시 허물어졌다. 진 박사는 바닥에 편하게 앉아 양 손바닥을 지면에 댔다.

조용히 눈을 감고 정령이 보내는 정보를 차근차근 훑기 시작했다.

신기하다는 둥, 멋지다는 둥의 호들갑이 학생들 사이에서 나오며 부산스러워졌다.

'분위기가 밝아서 좋긴 하지만.'

두 헌터가 자리를 비운 뒤로 주 팀장의 얼굴엔 걱정이 가득했다.

두 헌터의 모습이 계속 마음에 걸려서였다.

여태 함께한 시간이 얼마던가. 눈빛만 봐도 어떤 상황인지 맞힐 정도다.

'최소한 한 명이라도 더 데려왔어야 했나…….'

비록 자신이 5급 헌터이지만 그가 감지하기로 울타리 너머에는 단 2개의 기척만 읽혔다.

차도식과 하지현. 도착했을 때부터 무리에서 둠고블린 몬스터의 기척은 단 하나도 느껴지지 않았던 것이었다.

학생들을 제외하면 제일 낮은 등급의 자신도 느꼈으니, 먼저 눈치챈 진 박사가 탐사로 시선을 돌리지 않았다면 분위기는 경직을 넘어 두려움으로 가득했을 거다.

'그러다 몬스터라도 나타난다면……'

4등급 1주기. 네임드가 아니더라도 일반 몬스터까지 강해지니, 진 박사와 자신이 맡는다 한들 전멸은 정해진 수순이었다.

괜스레 주 팀장의 시선이 도현에게 향했다.

세상사에 흥미 없는, 득도한 수도승의 얼굴. 그 얼굴을 보자 언제 긴장을 했냐는 듯 안정을 되찾았다.

'어쩔 수 없지.'

몬스터가 나타난다면 철판을 깔고서라도 적극적으로 부탁하는 수밖에.

절대 일어나지 않길 바라지만, 혹시나 모를 위험엔 도현만큼 든든한 보험은 없었다.

도현은 팔짱을 낀 채 두 헌터가 들어간 둠고블린 무리를 보고 있었다.

트레이드마크 같은 심드렁한 표정은 무슨 생각을 하는지 알 수 없었다.

리포트 워크. 5명이 분담하여 워프 수급부터 탐사, 정보 취합, 발표를 맡는다.

 거기서 도현의 역할은 워프 수급.

 의도치 않게 최상급 헌터와 인솔자까지 나타나면서 초특급 관광버스가 되긴 했지만, 어쨌든 도현의 역할은 끝난 것이다.

 그러니 편한 마음으로 구경하는 도현을 신경 쓰지 않았다.

 그때였다.

 "저쪽보단 이쪽이 문제겠는데."

 뜬금없는 한마디에 모두의 시선이 도현을 향했다.

 도현은 지나온 숲길을 보고 있었다.

 눈빛들이 '왜?'라고 묻기 직전에 익숙하지만 그래서 의아한 소리가 들렸다.

 사락사락.

 나뭇가지가, 나뭇잎이 바람에 흔들리는 소리.

 자연스러운 상황이었다.

 나뭇가지가 흔들릴 만큼 세찬 바람이 불었다면 말이다.

 "……!"

 투두둑! 쯔아아악!

 익숙해진 하리오카 열매가 길바닥에 나뒹굴며 터졌다. 그 뒤로 나뭇가지 부러지는 소리가 이어졌다.

 뿌리가 다리라도 된 것처럼 하리오카 나무 한 그루가 다가온 것이다.

"으으으!"

놀란 학생들이 억누른 비명을 질렀다. 그 사이 성인 다리 굵기의 나뭇가지가 보호막 위로 떨어졌다.

카아앙!

금방이라도 바스러질 것 같던 보호막이 파르르 떨며 나무를 튕겨 냈다.

쿠오오오!

몇 걸음 물러난 하리오카 나무가 격분하며 나뭇가지를 흔들었다.

'나무가 몬스터……?'

충격으로 진 박사의 눈동자는 갈 길을 잃고 흔들렸다.

정령의 경고에 눈을 뜨자마자 그녀가 본 건 방어막 위로 떨어지는 하리오카 나뭇가지였다.

"정말 하리오카가……."

아직도 주렁주렁 열매를 달고 있는 나무가 느린 걸음으로 다가왔다.

눈 씻고 봐도 하리오카가 맞았다.

"이게 1주기 변화라고……?"

그녀는 공포에 몸을 떨며 현실을 부정하듯 중얼거렸다.

그저 열매만 맺던 나무가 몬스터가 되는 사상 초유의 이벤트는 세상이 바뀌고 한 번도 보지 못했다.

쿠와아아아!

멀리서 괴성이 들렸다. 쿵쿵쿵, 땅이 울리자마자 나타난 두 번째 하리오카 나무가 굵은 나뭇가지로 보호막을 내려쳤다.

쾅, 쾅, 쾅!

시야는 온통 나뭇가지와 비처럼 떨어지는 나뭇잎에 막혔다.

그 사이로 언뜻 나무의 몸통이 보였다. 쥐어뜯어 버린 것 같은 눈과 입이 보호막을 내려칠 때마다 시시각각 위로 솟았다. 마치 이 상황을 즐기는 듯한 모습이었다.

워프 경험이 있는 주 팀장과 진 박사는 등을 타고 오르는 소름에 얼굴이 딱딱하게 굳었다.

등급의 차이가 심할수록 느끼는 공포는 몇 배씩 차이 났다. 7급 햇병아리들이 겪어야 할 두려움은 최소한 5배.

그럼에도 입술을 꾹 다문 채 신음했지만, 정신을 놓지 않은 것만으로도 칭찬할 일이었다.

쩌적!

"……!"

큐브 실드에 벼락처럼 금이 생겼다.

"주 팀장님!"

당황한 진 박사가 주 팀장을 향해 소리쳤다.

주 팀장의 다급한 시선이 도현을 향했다.

"도련님!"

와장창!

사라지는 보호막 사이로 커다란 나뭇가지가 떨어졌다.

"이렇게 허술해서야."

짜증 섞인 말과 달리 도현은 손가락을 튕겼다.

펑! 펑!

풍선 터지는 소리가 들렸다. 나뭇가지가 폭발하며 파편이 나뭇잎과 함께 흩날렸다.

"우, 도현……?"

도현 옆에 몸을 움츠리고 있던 고창하가 넋을 놓고 도현을 바라봤다. 그 얼굴은 차갑고 진중함이 빠진 딱 그 나이대 같았다.

'차라리 저런 얼굴이 나은데.'

상황을 잠깐 잊은 도현이 피식 웃으며 한마디 하려던 때, 도현 앞으로 진 박사가 불쑥 튀어나왔다.

"너… 뭐야?"

"진 박사님!"

주 팀장의 만류에도 그녀는 도현의 멱살을 잡았다. 피로에 찌든 얼굴이 당황과 흥분으로 가득했다.

"손가락만 튕겨서……! 어떻게… 그건 협회 회장님도… 못하는 기술이라고!"

딱딱한 말투가 흥분으로 바뀌었다.

도현은 귀찮음에 입을 닫았다.

그녀는 아무 말 없이 도현을 불만스럽게 빤히 보다 얼굴을 붉혔다.

"너, 내 거 할래?"

"미쳤습니까?"

"진 박사님!"

주 팀장이 경기를 일으키며 진 박사를 잡아뗐다. 그녀는 순순히 물러나며 음침하게 웃었다.

뭔가 찜찜하더라니, 이건 찜찜함을 넘어 미친 여자가 아닌가.

도현은 불쾌감이 가득한 손짓으로 주름진 티셔츠를 폈다.

미친 여자를 만난 경험이 없는 건 아니었지만, 너무 오랜만이라 당황했다.

무엇보다… 기분이 더러웠다.

"죄송합니다. 죄송합니다, 도련님!"

쩔쩔매며 사과하는 주 팀장을 보고 도현은 한숨을 쉬었다.

누구를 탓하겠는가. 주 팀장의 당황한 얼굴만 봐도 저런 성격인 걸 라이브로 알게 된 듯했다.

어쨌든 저 여자와 빨리 떨어지려면 두 헌터의 복귀 시간과 워프 정리가 우선이었다.

도현은 윙크를 하며 추파를 던지는 진 박사를 외면하고

자신의 눈치만 보고 있는 주 팀장을 향해 물었다.
"기다립니까, 무리로 갈 겁니까?"
"무리 쪽은 괜찮은 겁니까?"
도현은 사실대로 말했다.
"뭐, 두 사람이라면. 그런데 이쪽이 합류하면 곤란할지도."
"그럼……."
"아니요. 귀찮습니다."
의중을 먼저 읽은 도현이 거절하자 주 팀장이 진중하게 패를 보였다.
"다 드리겠습니다!"
잡은 몬스터에 대한 소유권 말이다.
"필요 없-"
도현은 당연히 필요 없다고 말하려고 했다.
알림만 없었다면.
띠링!
[깨어난 하리오카 나무의 지식을 습득했습니다.]
[요리 도구 재료 리스트에 등록합니다.]
[깨어난 하리오카 나무:4+등급]
[요리 재료 리스트에 등록합니다.]
[깨어난 하리오카 열매:4+등급]
거절하려던 도현은 오랜만에 뜬 리스트에 말을 바꿨다.
"진짜죠, 그 말?"

"예? 아, 예! 물론입니다!"

"이번 뒤처리는 잘 부탁합니다. 강혁 삼촌 안 엮이게."

"아니, 협회장님은-"

자기 할 말만 하고 숲속으로 사라진 도현의 빈자리를 보며 모두가 황당한 얼굴로 주 팀장을 쳐다봤다.

설명이 필요했다.

도현은 오랜만에 몸을 움직였다.

도착지는 워프에 입장해 첫발을 디뎠던 과수원이다.

도착하기 무섭게 달려드는 몬스터로 인해 손가락이 바빠졌다.

팡, 팡! 퍼엉!

손가락을 튕길 때마다 거대한 나무가 폭죽처럼 터져 나갔다.

하리오카 나무가 몬스터였다는 것은 입장할 때부터 알았지만, 일행에게 말하지 않았다. 그저 나무 형태의 몬스터에서 열매를 얻는다고 생각했기 때문이었다.

"크게 상관없지만, 뭐."

그에겐 개미가 한 마리냐, 개미집이냐의 차이일 뿐이었다.

심드렁한 도현은 3차로 밀려오는 몬스터를 향해 다시 손을 튕겼다.

터져 나가는 나무 파편으로 주변은 안개가 낀 것처럼 뿌옜다.

"흠, 이러면 재료로 건질 게 없는데."

평소 같았으면 그냥 한 방으로 처리해 버렸겠지만, 재료라고 해서 특별히 신경 써서 작업 중이었다.

'방법을 바꿔 볼까?'

나무, 나무, 나무…….

"아, 쪼개면 되겠네."

마침 달려드는 몬스터를 향해 검지를 까딱였다.

쩍!

장작 쪼개듯 반으로 갈린 몬스터는 비명도 지르지 못한 채 도현의 인벤토리로 들어갔다.

"음, 좋긴 한데……."

역시나 귀찮다.

도현은 불평을 중얼거리면서도 끝없이 달려드는 하리오카 나무를 상대했다.

10분 정도 지났을까.

무수히 펼쳐진 숲에 커다란 땜빵이 생겨 버렸다.

도현은 그 땜빵 안으로 들어가 2차 작업을 시작했다.

땅에 떨어진 하리오카 열매 수거였다.

흐뭇한 표정으로 정성스레 줍던 그는 열매 하나를 잘 닦아 베어 물었다.

와삭!

토마토처럼 얇은 껍질을 씹으니 톡 하고 터지며 과일의 아삭함이 느껴졌다.

입안을 가득 채우는 과즙과 함께 멜론의 달콤함과 은은하면서도 상큼한 라임 맛이 입안 가득 퍼졌다.

'맛있다.'

계속 먹으라고 하면 밥도 안 먹고 한동안 빠질 것 같은 중독성이 있는 열매였다.

도현은 오랜만에 즐거움을 느끼다 문득 한 종족이 생각났다.

긴 귀를 가진 미의 끝판왕인 엘프.

"딱 그놈들이 좋아할 맛인데."

풀만 뜯는 놈들이니 금상첨화일 것이다.

제브라드에서 처음 대면하자마자 엘프에 대한 기대감은 휴지 조각이 되어 쓰레기통에 처박혔다.

생긴 것과 다르게 꼬장꼬장하고 속도 좁은 종족.

그놈들 때문에 물먹은 적이 몇 번인지, 생각만 해도 이가 갈렸다.

그러면서도 지극히 순종적인 듯 타협은 잘했다. 결국 수십 배로 벗겨 먹혔지만.

'재수 없는 놈들.'

"그나저나 이 재료들이면 이번에는 뭔가 나올 것 같은데?"

하리오카 나무와 열매, 일주일 전 수집한 카우엑스와 모랄보어의 사체.

현재 도현이 워프에서 구한 것들이었다.

거기에 집 냉장고에 잠들어 있는 재료까지 더하면 괜찮은 거 하나는 나올 것 같았다.

"좋아."

갑자기 의욕이 돋았다.

즐거운 생각이 머릿속에 가득할 때쯤, 둠고불린 무리 쪽에서 두 기척이 빠져나왔다.

도현은 열매를 줍던 손을 잠시 멈췄다.

주 팀장이 다 주겠다고는 했지만…….

"그래도 욕심부리다 배탈 나면 안 되지."

황제까지 해 먹었던 친구 놈이 말했었다.

적당함 속의 공범을 만들라.

물질적 유대감은 늘 이어져 있어야 내 사람이라고.

"그러던 새끼가 나한테는 입 싹 닦고."

투덜대던 도현은 입맛을 쩝 다시며 은근한 눈빛으로 하리오카 열매를 바라봤다.

"조금만 더 챙겨야지."

그렇게 100개를 만들고서야 모두가 모인 곳으로 향했다.

"싸가지!"

"처남!"

도현이 도착하자마자 기다렸다는 듯이 두 헌터가 도현을 찾았다. 걱정 가득한 얼굴들이었지만, 도현이 볼 때 정말 걱정한 사람은 하지현 하나뿐이다.

"거기서 얘기해."

좀 전에 진 박사가 달려오던 그 모습이 겹쳐지자 도현이 거부했다.

다가가려던 하지현이 의아해하다 고개를 홱 돌려 진 박사를 쳐다봤다. 그녀는 이미 도현이 도착한 시점부터 그에게 눈이 박힌 채 음침하게 웃고 있었다.

진 박사의 최대 단점인, 강한 남자 금사빠가 도진 것이다.

이 사실을 아는 하지현이 화를 내려던 타이밍에 차도식이 먼저 말했다.

"다 모였으니 말하지."

차도식은 둠고블린 무리에서 있었던 일을 최대한 간결하게 말했다.

"이미 봤겠지만, 하리오카 나무가 몬스터로 변했다. 둠고블린은 전부 하리오카의 양분이 된 것으로 보인다."

둠고블린 무리는 하리오카 나무에 점령당했다. 둠고블린의 것으로 예상되는 검은 뼈들이 하리오카 나무뿌리 부근에 널브러져 있었다.

워프의 이름처럼 정말 '하리오카 과수원'이 된 것이다.

주 팀장과 진 박사는 탄식했고, 학생들은 불안한 눈으로 주변 나무들을 훑었다.

5년이 흐르면서 많은 워프가 1주기를 넘겼지만, 이런 현상은 처음이었다.

"이상한 점은 나무 전부가 몬스터는 아니라는 거다."

둠고블린 무리에 있던 하리오카 나무는 총 20그루였다. 그중 8그루가 몬스터였고, 12그루는 나무였다.

말이 끝나기 무섭게 분위기는 무겁게 가라앉았다.

현재 위치는 숲의 경계다.

탐사를 위해서라도 다시 숲에 들어가야 하는 상황에서 이런 종류의 몬스터는 좋지 못했다.

"진 박사님, 정령이 몬스터의 기척을 구별할 수 있습니까?"

"음… 가까워지면요."

"거리는요?"

"3미터 안 쯤?"

대화를 끝으로 차도식은 잠깐 고민하더니 결론을 내렸다.

"탐사는 하지 않겠다. 최대한 빠르게 1주기 몬스터인 네임드를 처리하고 워프에서 탈출하는 것을 목표로 삼겠다."

"네임드에 대한 단서는 있나요?"

진 박사가 정보를 물었지만 두 헌터는 고개를 저었다.

"이 상태로는 하리오카 나무가 아닐까 합니다."

하지현의 추측에 3명의 워프 경험자가 고개를 끄덕였다.

"그럼 예상 기간은 어떻게 됩니까?"

주 팀장이 걱정스럽게 물었다. 3일을 예상하고 4일 뒤 워프 일정을 잡은 탓이었다.

"적어도 이틀은 더 걸릴 것 같습니다."

차도식의 대답에 주 팀장이 수긍했다.

오히려 일주일 안에 끝날 수 있는 게 다행이라고 생각했다.

하지만 안타깝게도 이 기간을 허용 못하는 한 사람이 있었다.

"6일?"

도현이 삐딱하게 되물었다.

한 주 동안 워프에 드나들었던 도현에게는 하루에 워프 하나씩 끝냈던 기억만 남아 있었다.

그것조차도 불평했던 그에게 일주일은 너무나도 가혹한 시간이다.

1주기를 맞이한 워프라지만, 어쨌든 4등급이다.

무엇보다.

'저 변태 팬더녀는 사양이야.'

불독에 이어 팬더녀라니.

도현이 진저리 쳤다.

왠지 리포트 위크 동안 저 팬더녀가 계속 따라붙을 것 같은 불길한 예감도 들었다.

'그렇게 되면 무려 2주 동안 부대껴야 한다는 건데.'

문제는 리포트 워크가 이제 막 시작됐을 뿐이라는 것이었다!

'휴식. 휴식이 필요해!'

모든 걸 빨리 끝내고 합당하게 쉴 수 있는 시간 말이다.

"도현아, 미안한데 시간은 어쩔……."

"주 팀장님, 아직 그 말 유효하죠?"

무슨 말이냐고 물으려던 주 팀장은 등골이 서늘해졌다.

'다 드리겠다.'던 그 말을 언급한 게 분명했다.

두 헌터가 상반되는 얼굴로 주 팀장을 향했다.

꿀꺽…….

"하하, 상황이……."

차도식은 침음을 삼키며 이마를 짚었다. 이해되지만 이해하기 싫은 상황이랄까.

주 팀장의 목을 잡고 탈탈 털고 싶었지만 보는 눈이 너무 많았다.

'저 빌어먹을 놈 때문에…….'

체면을 구겼다. 거기에 더해 얼굴까지 구길 수는 없는 노릇이었다.

억지 미소를 짓는 차도식의 한쪽 입꼬리가 파르르 떨렸다.

오직 아무것도 모르는 학생 4명만이 묘한 분위기에 혼란스러워했다.

"하아, 처남, 위치는 알고 있나?"

결국 모든 걸 내려놓은 척 차도식이 물었다.

도현을 달래어 베이스캠프를 만든 뒤 도현에게 위치를 묻고 하지현과 다녀올 생각이었던 그의 계획은 보기 좋게 빗나갔다.

"금방 다녀오죠."

"뭐?"

그걸 눈치 못 챌 도현이 아니었다.

"주변엔 몬스터도 없으니 안전할 겁니다."

남은 시간 동안 놀지 말고 진 박사와 학생들의 뒤치다꺼리라도 하란 말이었다.

"겸사겸사 여기저기 떨어진 열매도 수거하고요."

선심 쓴 거라 생색은 당연했다.

"그럼."

으드득, 이 가는 소리가 들린 것 같았지만 도현은 지면을 박찼다.

땅을 한 번 박찰 때마다 도현은 화살처럼 수십 미터를 쏘아져 나갔다.

사방이 나무인 숲에서 그는 망설임 없이 오직 한 지점을 향해 뛰었다.

끝없이 펼쳐질 것만 같은 숲이 댕강 잘린 듯 끊어진 절벽.

그 아래는 강한 햇볕으로도 구분하기 힘든 깊은 구멍이 있었다.

새카만 물감을 때려 부은 모습이랄까.

"딱 뭔가 있을 분위기지."

도현의 입에 즐거움이 번졌다.

성큼성큼 걸어 절벽 앞으로 다가갔다.

세상의 끝처럼 보이는 이 절벽은 지름만 10킬로미터에 이르는 거대한 싱크홀이었다.

후우우우우웅!

폭풍처럼 세찬 바람이 거칠게 소용돌이치며 하늘로 치솟았다.

덤프트럭도 날려 버릴 정도로 강한 칼바람.

아니, 날리자마자 찢겨 잔해가 우박처럼 쏟아질지도 몰랐다.

도현은 아무렇지 않게 싱크홀로 한 걸음 내디뎠다.

기다렸다는 듯 칼날처럼 밀려오는 바람에 도현의 옷과 머리카락이 세차게 나부꼈다.

도현는 아무렇지 않게 밀어내는 바람을 뚫고 깎아지른 절벽을 평지처럼 걸어 내려갔다.

얼마나 내려갔을까. 거센 바람이 사라지고 온통 어둠밖에 없는 절벽의 바닥이 나타났다.

몸에도 좋고 맛도 좋은 • 255

"빛."

한마디에 밝은 빛 덩어리가 도현의 머리 위로 생겨났다.

싱크홀 내부가 대낮처럼 밝아지며 주변이 또렷하게 보였다.

거친 벽이라 생각했던 곳에는 낡고 깨진 벽화가 자리 잡고 있었다.

바닥엔 세월의 흔적이 느껴지는 대리석이 깔려 있었다.

그리고-

"이게 뭐야?"

원숭이 조각상이었다. 3미터의 우락부락한 몸만 봤다면 고릴라로 착각했을 정도로 컸다.

망치를 들고 있거나 검, 방패, 장신구 등을 들고 기뻐하는 모습이 역사를 기록해 둔 것 같다.

"무덤인가?"

제브라드의 경험이 그렇게 말하고 있었다.

도현은 주변을 훑으며 중심부로 걸어갔다. 자신이 느낀 '강한 힘'이 그곳에 존재했기 때문이었다.

조각상의 끝에선 돌을 높게 쌓아 올린 벽이 도현을 반겼다.

벽 중심에 있는 단단한 철문을 아무렇지 않게 뜯고 들어가자 긴 복도가 나타났다.

복도 양쪽으로 뚫린 입구들이 적어도 10개가 넘었다.

"일단 기운 좀 확인하고."

망설임 없이 복도를 걸었다. 문이 달리지 않은 입구들은 지나가기만 해도 무엇이 들어 있는지 바로 확인할 수 있었다.

50평은 될 것 같은 방들. 각 방마다 무기, 방어구, 액세서리, 금화 등의 재물들이 가득했다.

다른 누군가가 봤다면 복도를 다 들어가기 전에 홀렸겠지만, 도현의 흥미를 끌기에는 부족했다.

그렇게 끝나지 않을 것 같던 복도 끝에는 붉은 보석의 바다가 펼쳐졌다.

어림잡아도 싱크홀의 절반 정도 되는 크기의 공간. 어린아이 머리만 한 붉은 마나석으로 가득했다.

그 중심에는,

"돌?"

돌이었다. 알처럼 표면이 매끈한 돌은 1미터 크기의, 알치곤 거대한 사이즈를 자랑했다.

그런 돌이 제단처럼 보이는 곳 위에 덩그러니 놓여 있었다.

도현은 이마를 찌푸렸다.

힘을 내뿜는 건 저 돌이 확실했기 때문이었다.

"이게 차도식보다 강한 힘을 품고 있다고?"

도현의 고개가 오른쪽으로 기울었다.

순수하면서도 밀도 높은 마나가 느껴졌다.

심상치 않은 것은 분명했다.

웬만한 능력으론 접근조차 하지 못하겠지만, 강혁 삼촌이라면 접근 정도는 가능은 할 것 같았다.

"흐음."

자주는 아니지만 제브라드에서도 겪어 본 적 있는 일이다.

단지, 몹시 귀찮은 일에 휘말릴 것 같달까.

"더 이상의 육아는 사양인데."

비록 인간의 아이는 아니었더라도 한때 드래곤들에게 시달렸던 걸 생각하면 아직도 눈앞이 아찔했다.

그렇다고 놔두고 가기에는…….

'설마 이게 진짜 알이라서 태어난다면……?'

문득 그런 생각이 들었다.

그리고 태어난 무언가가 2주기의 보스 몬스터라면…

그건 그것대로 골치다.

현재 상태의 국내 헌터들로는 명함조차 못 들이밀 테니까.

"하아, 어떡-"

심각했던 도현의 얼굴이 활짝 펴졌다.

적임자가 있었다. 그것도 가까이.

몇 주 전에 결혼한 신혼부부 말이다.

"그러고 보니 축하 선물도 안 줬지."

안에 든 게 무엇이든 이게 알이라면, 차도식보다 강하다면 선물로는 적당하다 못해 넘칠 거다.

그렇게 생각을 정리한 도현은 만족스럽게 고개를 끄덕였다.

"그럼 부수입도 챙겨 보실……?"

습관적으로 돌을 잡아 인벤토리에 넣으려던 도현은 주변의 붉은 마나석들이 일제히 내뿜는 빛에 눈을 찡그렸다.

후아아아앙!

동시에 손에 잡힌 돌이 뜨겁게 타올랐다.

"…이거 느낌이 쌔한데?"

순간, 붉다 못해 하얀 불꽃이 싱크홀을 집어삼켰다.

쿠구구구궁-!

"지진?"

"무슨 지진이야?"

한창 하리오카 열매를 줍던 학생들은 땅이 흔들리자 불안감을 감추지 못했다.

주변에서 같은 작업을 하던 두 헌터와 주 팀장, 진 박사까지 학생 주변으로 몰려왔다.

뾰족한 수가 없는 모두는 어리둥절한 얼굴을 맞댈 뿐이었다.

짜증이 가득한 목소리로 차도식이 진 박사에게 물었다.

"정령은 뭐랍니까?"

"도망갔어."

"네?"

학생들이 되물었지만 이미 익숙한 세 사람은 고개를 저었다.

자신의 능력 이상의 상황에서 도망가 버리는 진 박사의 정령. 그 말은 지금 상황이 썩 좋지 않다는 말이었다.

'예상은 하고 있었지만……'

차도식은 입맛이 썼다.

이미 땅이 진동하자마자 긴장할 정도로 강한 힘을 느꼈기 때문이었다.

어쨌든 할 일은 해야 했다.

생각을 정리한 차도식이 입을 뗐을 때 하지현이 중얼거렸다.

"우선 지진을 조사……."

"싸가지, 무사해야 할 텐데……."

'그놈의 우도현!'

화가 치밀어 올랐다.

그놈이 아니라, 남편인 자신이나 지금 여기 있는 사람들을 걱정해야 하지 않나?

'그 집 사람들은 도대체가!'

처가, 큰처가 할 것 없이 전부 그놈 걱정밖에 없다.

"지현……!"

드드드드!

참다못해 한마디 하려고 하자 다시 땅이 흔들렸다.

멀리서 느껴지는 흔들림이 아닌 근처에서 발생한 진동이었다.

100년은 묵었을 법한 거대한 나무들이 들썩이며 움직이기 시작했다.

학생들은 사색이 되었지만, 헌터인 차도식이나 하지현, 연구소장인 진 박사는 이 상황이 무엇을 암시하는지 알았다.

"몬스터가 출몰합니다!"

진 박사가 외치며 정령을 불렀지만 나타나지 않았다.

쾅, 콰앙!

차도식은 재빨리 대검을 소환해 쏟아지는 나뭇가지들을 쳐 냈다.

"타올라라!"

이어 빠르게 주문과 수인을 맺은 하지현이 붉게 타오르는 불꽃을 나무를 향해 던졌다.

쾅! 콰아앙!

몬스터를 맞고 터져 나가는 불꽃과 검은 연기로 주변은 순식간에 난장판이 되었다.

"후우, 후우!"

두 헌터는 한숨을 내쉬었다. 이미 둠고블린 무리에서 1차 전투를 하고 온 상태다.

약간 피로가 쌓인 상태에서 감행한 공격이었기에 아무

래도 공격력이 떨어질 수밖에 없었다.

크오오오오!

고막을 터트릴 정도의 괴성이 워프 전체를 울렸다.

거친 바람이 불어오며 시야를 가렸던 연기가 일시에 사라졌다.

흐릿한 그림자만 보이던 몬스터가 선명하게 나타났다.

다섯 그루의 나무뿌리가 한데 뭉쳐 땅 위에서 꿈틀대고 있었다.

파리해진 안색의 하지현이 신음처럼 내뱉었다.

"네임드……."

도현이 찾으러 간 네임드가 이곳에 출현했다.

차도식은 결국 꾹꾹 눌렀던 화가 폭발했다.

"대체 그 새끼는 어딜 간 거야?"

그리고 봇물 터지듯 뱉기 시작했다.

"그 새끼랑 같이 가면 되는 일이 하나도 없어! 헌팅도! 부산물도! 내가 리더라고, 내가 랭킹 1위라고! 그! 런! 데! 그 새끼는……!"

사실 이보다 더한 대우를 받았던 적도 있었고, 뒤통수를 맞은 적도 많았다.

그건 참을 수 있었다. 책임감과 강해질 거라는 목표로 독하게 마음먹었기에 참을 수 있었다.

그런데, 그런데!

우도현만 엮이게 되면 모든 게 다 꼬여 버린다!

"도식 씨!"

하지현이 처음으로 목소리를 높였다. 일그러진 그녀의 얼굴은 자신을 쓰레기로 만드는 것 같았다.

차도식은 그런 그녀가 너무나도 미웠다. 단 한 번도 자신을 위해 보여 준 적 없는 모습이었기 때문이었다.

맥이 탁 풀렸다.

끊임없이 구애했다. 드러내는 걸 싫어하는 걸 알고 오빠처럼, 그림자처럼 그녀를 챙겼고 배려했다.

겨우 마음을 여는 데 2년, 커플이 되고 결혼까지 마음을 돌리는 데 3년. 총 5년이란 시간을 들여 드디어 식을 올리게 된 그날, 그녀가 드디어 자신의 것이라고 세상에 공표하는 날, 세상을 다 가진 것 같았다.

그 새끼가 식장에 온 걸 알기 전까지는.

"전부… 그 새끼가 망쳤어."

차도식이 짐승처럼 짖을 때였다.

"나 말이야?"

도현의 목소리가 들리자마자 차도식은 반사적으로 대검을 들어 내리찍었다.

콰콰쾅!

애꿎은 지면만이 깊게 파이며 흙이 튀었다.

"이거 내가 많이 보고 싶었나 보네?"

대검이 닿은 지면 옆에 선 도현이 빈정거리며 작게 웃었다.
차도식의 얼굴은 모든 피가 몰린 듯 시뻘게졌다.
"이 새끼가-!"
하지현의 브라콤, 전속 회사의 아들, 행방불명됐다 돌아온 게임 폐인 새끼!
하지현에게 수도 없이 들었던 도현의 수식어를 속으로 읊으며 외쳤다.
"어떻게 너 같은 새끼가 다 가졌냐고오오오!"
차도식은 처음으로 살기를 끌어 올렸다.
대검을 타고 붉은 기운이 넘실거렸다.
깃털처럼 가벼워진 대검이 도현의 급소를 향해 거침없이 쏘아졌다.
찌르고, 베고, 가른다.
붉은 기파가 허공을 잘라 내듯 상처를 남겼다. 차도식의 필살기라 일컬어지는 레드 다이너마이트였다.
도현의 무덤덤한 얼굴이 차도식을 향했다.
핏발 선 눈동자, 일그러진 얼굴은 둘 중 누군가가 죽지 않는 이상 끝나기 힘든 상황이었다.
그래서 더 짜증이 났다.
살기라니.
'이거 너무 만만하게 보였나?'
"쯧."

혀를 찬 도현은 눈동자를 굴려 주변을 봤다. 숲은 어디 가고 어느새 붉은 기운이 자신을 가두어 둔 상태였다.

"참, 가지가지 한다."

찌룽이를 봐서 참았던 좁쌀의 인내심이 팝콘처럼 펑 터져 버렸다.

"이제 마지막이다!"

차도식은 희열에 찬 목소리로 대검을 역으로 쥐었다. 그리고 붉은 구슬을 향해 작살처럼 던졌다.

'폭발하면 모든 게 끝난다!'

고막을 찢을 정도의 거대한 폭발을 기대했던 것과 달리, 쩡!

대검이 꽂힌 자리부터 금이 간 붉은 구슬은 허무하게 사라져 버렸다.

"이게… 뭐……?"

길을 잃고 흔들리는 차도식의 눈동자가 도현을 담자 험악하게 일그러지며 외쳤다.

"우도혀어어어언!"

"우선 머리 좀 식히고 있어."

도현은 발로 차도식의 복부를 걷어찼다. 대포처럼 쏘아진 차도식이 작은 산만 한 나무에 박혀 기절해 버렸다.

"하, 여기 있을 줄이야."

도현은 꿈틀대는 덩어리를 허탈하게 쳐다봤다.

하리오카 나무를 몬스터로 만든 기생 몬스터. 둠고블린을 뼈다귀만 남긴 것도 이 몬스터의 짓이었다.

[기생 몬스터 카리오카의 지식을 습득했습니다.]

[요리 재료 리스트에 등록합니다.]

[카리오카:4+등급]

"이러니 찾아봐도 없지."

끼찟!

혼잣말해 대는 도현의 말에 오른쪽 어깨에서 짐승의 울음소리가 들렸다.

채 한 뼘도 안 되는 붉은색 원숭이.

"얀마, 네가 뭘 안다고 끽끽대?"

낏!

붉은 원숭이는 도현의 어깨에 앉아 가슴을 내밀며 엄지로 자신을 가리켰다.

현실을 믿지 못하는 모두가 넋이 나간 얼굴로 그런 도현을 바라보고만 있었다.

도현은 킥킥 웃으며 땅에 꽂힌 차도식의 대검을 집어 들어 가볍게 던졌다.

포물선을 그리며 날아간 대검이 카리오카에 푹 꽂혔다.

키에에에엑!

얽힌 뿌리가 괴로운 듯 온몸을 칭칭 감았다. 카리오카와 연결된 나무들도 비명을 지르며 몸을 바르르 떨어 댔다.

쿵.

사체가 땅에 떨어지기 무섭게 도현이 카리오카를 향해 손바닥을 펴 주먹을 쥐었다.

[요리 도구 재료를 습득했습니다.]

[카리오카 나무:4+등급]

[요리 재료를 습득했습니다.]

[카리오카 뿌리:4+등급]

"……."

워프 1주기 조사는 그렇게 허무하게 끝났다.

❖ ❖ ❖

워프는 일단락되고, 하지현은 고개를 숙이며 미안하다는 말을 남긴 채 기절한 차도식을 데리고 먼저 가 버렸다.

리포트와 탐사 건은 도현이 네임드를 잡으러 따로 떨어졌을 때 만든 입체형 지도를 넘기는 것으로 끝냈다.

모든 걸 다 끝냈음에도 휴대폰의 시계는 오후 1시를 조금 넘기고 있었다.

'좋다, 좋아.'

가뿐한 마음으로 귀가하려던 도현을 주 팀장이 불러 세웠다.

"도련님, 헌터 테스트 안 보십니까?"

눈살이 확 찌푸려졌다.

가뜩이나 주변의 닦달로 듣기 싫었는데. 도현의 대꾸보다 주 팀장의 대답이 한 박자 빨랐다.

"임 이사님께서 당부하셔서 말입니다."

엄마가 또.

미간을 좁히던 도현은 턱을 까딱였다. 더 말해 보란 의미였다.

"무슨 이유 때문인지 압니다. 하지만 그만큼 혜택도 많습니다. 가령 워프에 한 번 다녀오면 한 달 수업 면제라든가."

'두 달에 세 번 다녀오면 한 학기 수업 면제도 가능합니다.'라는 말이 이어지자 도현의 얼굴이 펴졌다.

"그뿐이겠습니까. 한 워프당 최소 4일이란 시일이 주어집니다. 도련님의 실력이라면……."

뒷말을 붙이지 않았지만, 그 의미를 충분히 이해할 수 있었다.

처음의 불쾌함은 사라지고, 도현은 긍정적으로 고개를 끄덕였다.

"유능하시군요."

그저 두 헌터의 매니저로만 보이던 주 팀장이 썩 괜찮은 비서로 보인달까.

"아닙니다. 그저 도움이 되셨다면 그것만으로도 기쁩니다, 도련님."

자본주의의 미소가 주 팀장의 입가에 그려졌다.
"언제쯤 테스트를 보실 생각이십니까?"
"지금?"
"예……?"
"안 됩니까?"
"아니요! 가시죠. 모시겠습니다!"
주 팀장의 눈이 반짝였다.
도현은 의자에 몸을 파묻고 눈을 감은 탓에 그런 주 팀장을 확인하지 못했다.

제6장

진심

그 헌터의 자취방

주 팀장은 도현과 함께 차에 타자마자 휴대폰을 잡고 업무를 시작했다.

도현의 테스트 접수를 먼저 하고.

도현의 부모님에게 약식 보고를 하고.

한국 헌터 협회장님이신 강혁 삼촌에게 1주기 워프 보고를 하고.

부산물들에 대한 미팅까지 잡고 나서야 휴대폰을 귀에서 뗐다.

"그렇게 바쁘면 무슨 재미로 삽니까?"

한참을 지켜보던 도현이 한마디 했다.

"예? 전 일할 때가 제일 즐겁습니다만?"

'돈만 주면 못할 게 없습니다만.'이라고 말하고 싶었지만 그건 알아서 걸렀다.

도현이 이미 자신의 말을 듣고 진저리 치며 눈으로 욕을 해서였다.

"그럼 도련님은 뭐가 제일 즐겁습니까?"

이 말도 걸러야 했지만 발끈해 버린 탓에 튀어나왔다.

"침대와 한 몸이 되는 거?"

"……?"

"100년도 거뜬합니다."

도현의 대답은 진지했지만, 주 팀장은 자신을 놀리기 위한 진지함이라고 생각했다.

100년?

각성자들은 오래 산다. 하지만 대부분이 일찍 죽는다.

돈으로 직결되는 워프는 그만큼 위험하기 때문이다.

물론 도현은 예외였다.

그렇다고 저 말을 웃어넘기기에는 기분이 찜찜했다.

'너무 디테일한데?'

경험자만 안다고.

경험에서 우러나오는 말처럼 느껴졌달까.

'설마……'

주 팀장은 실소했다. 설마, 그럴 리가.

'5년이 500년이 되는 것도 아니고.'

자신이 생각해도 헛소리를 너무 진지하게 받아들였다.
새삼 돈에 찌든 자신이 느껴졌다.
회의감이 밀려올 때쯤, 도현이 혼잣말처럼 중얼거렸다.
"재미라……. 그래, 요리가 있었지."
"예…?"
헌터가 아니고, 요리……?
고개를 끄덕이는 도현을 보고 어이가 없어 한마디 하려는데, 인공지능의 알림이 들렸다.
[목적지에 도착했습니다]
"……."
정차한 차 안에 잠깐의 정적이 일었다. 한숨을 내쉰 주 팀장이 말했다.
"도착했습니다. 가시죠."
자동으로 열리는 차 문 밖을 나가자 익숙한 건물이 보였다.
한국 헌터 협회.
그리고 그 앞에 서 있는 사내 5명이 도현의 눈에 들어왔다. 좋게 봐 주면 털털해 보이는, 나쁘게 말해 노숙자 같은 사람과 시선이 마주쳤다.
"강혁 삼촌?"
"우리 조카아아아!"
도현이 그렇게 엮이고 싶지 않았던 한 사람, 강혁이 양팔을 활짝 벌리며 달려오고 있었다.

도현의 얼굴에서 핏기가 가셨다. 자신도 모르게 덮쳐 오는 강혁을 향해 주먹을 날려 버렸다.

캐앵!

턱에 직격으로 맞은 강혁은 외마디 비명을 남기고 멀리 날아갔다.

"협회장님!"

뒤늦게 따라온 수행인들이 강혁이 날아간 곳으로 사라졌다.

"도, 도련님?"

"내. 부탁. 기억 안 나요?"

한 자, 한 자 씹듯 내뱉는 도현을 보고 주 팀장은 그제야 도현이 했던 말이 떠올랐다.

강혁 삼촌과 안 엮이게 해 달라고. 그런 도현을 호랑이 소굴에 배달해 드린 격이다.

"죄송, 정말 죄송하게 되었습니다!"

"다른 곳은 없습니까?"

"있긴 합니다만, 대기자가 많아 꽤 기다리셔야……."

"얼마나."

"3시간… 협회에서는 바로 가능합니다!"

곧이곧대로 대답하려던 주 팀장은 날카로워지는 도현의 눈을 보고 바로 말을 돌렸다.

"몇 층."

"21… 으아아악!"

도현이 주 팀장의 목덜미를 잡고 21층을 향해 지면을 박찼다.

"우도현 님, 어서 오세요. 기다리고 있었습니다."

투피스 유니폼을 입은 여성이 어색하게 웃으며 도현과 주 팀장을 맞이했다.

"빨리 가능합니까?"

도현이 단도직입적으로 요구했다.

여성은 조심스럽게 고개를 끄덕였다.

"협회장님께서 일러두셨습니다."

여성은 기다려 달라는 말을 남기고 우아하게 묵례를 하며 잠시 자리를 비웠다.

삼촌이?

'괜히 날려 버렸나?'

갑자기 뛰어오니까 놀라서 손이 먼저 맞이한 것뿐이지만, 이런 준비까지 해 뒀을 줄은 생각도 못했다.

"도련님… 목 좀……."

잊어버렸던 주 팀장의 목을 놓자 연신 헛기침을 하며 소파에 드러눕듯 앉았다.

한 10년은 늙은 모습이었다.

"하아, 도련님, 다음번에는 저는 놔두고 가 주십시오."

소파에 털썩 주저앉은 주 팀장은 식은땀을 손등으로 훔치며 후회했다.

'괜, 괜히 맡았다.'

인센티브 두 배라는 임 이사의 말에 홀라당 넘어가 버렸고, 정신을 차렸을 때는 이미 계약서에 사인을 하고 난 뒤였다.

'임 이사님······.'

진한 미소를 짓는 임혜정의 얼굴이 도현의 얼굴과 겹쳐 보이자 오한이 몰려왔다.

아무리 5급 헌터라 해도 약 100미터에 달하는 높이는 뛰는 게 아니라 날아오르는 수준이었다.

게다가 비밀이지만, 그는 고소공포증이 있었다.

'이런 경험은 두 번 다시 하고 싶지 않다.'

계약을 물리고 싶었다. 하지만 답은 애당초 정해져 있는 상황.

주 팀장이 파김치가 되어 고개를 젓는 사이, 문이 열리고 나갔던 여성이 들어왔다.

테이블에 음료 두 잔을 올린 그녀는 손바닥만 한 파란 사각 케이스를 도현에게 건넸다.

"헌터증입니다."

케이스 안에는 주민등록증 크기의 푸른색 카드가 들어 있었다. 도현의 이름이 적힌 3급 헌터증이었다.

"마나만 불어넣어 주시면 됩니다."

"테스트는 없습니까?"

"네, 협회장님 지시입니다."

'대련 때문인가?'

스트레이트로 3급을 줄 거란 생각은 하지 못했다.

'뭐, 이렇게 봐준다면 나야 편하지만.'

테스트가 끝나자마자 바로 뜨려던 도현은 마나를 불어넣기 위해 헌터증을 확인하다 등급에 눈이 갔다.

'3급이랬지?'

차도식. 헌터의 정점이니 뭐니 하며 종일 떠벌리고 관심에 목마른 사람.

그 소리를 일주일 동안 들었더니 귀에 딱지가 앉았다.

"3급 위로 있습니까?"

"있긴 합니다만······."

여성은 곤란한 듯 말을 흐렸다.

"국내에는 협회장님밖에 없습니다."

대답은 주 팀장 쪽에서 나왔다.

"삼촌이요?"

"예. 2급이시죠. 1급은 전 세계를 통틀어 단 한 사람밖에 없었습니다."

끝맺음이 이상한 말에 도현이 한쪽 눈썹을 치켜들었다.

"행방불명입니다."

"행방불명?"

"작년 겨울… 1월쯤인가요. 2등급 1주기 워프에 들어갔다가 소식이 끊겼습니다."

'잠깐, 그쯤이면……'

자신이 지구에 돌아왔던 시기와 비슷했다.

설마.

그냥 우연일 거다.

"도련님, 인증 절차 끝내고 빨리 가시죠."

주 팀장이 재촉했다.

도현은 이곳과 가까워지는 익숙한 기척에 빨리 튀려던 마음을 고쳐먹었다.

남은 건 궁금증을 푸는 것밖에 없었다.

"1급 테스트가 뭡니까?"

쾅!

문을 벌컥 열고 들어온 강혁이 말했다.

"그건 내가 이야기해 주지, 조카."

환하게 웃는 입 아래 커다란 반창고가 유난히 튀었다.

한 시간 동안 이어진 강혁의 말을 정리하면 이랬다.

1. 능력치, 스킬이 S급 1개, A급 3개 이상.
2. 3등급 워프 5개 클리어.
3. 2등급 워프 2개 클리어.
4. 국가적, 세계적 특수 상황 협조.
5. 헌터 등급 3급 이상만 지원 가능.

다 들은 도현은 1초의 고민 없이 말했다.
"헌터증에 마나만 주입하면 된다고 했죠?"
"어허! 조카, 왜 이러는 거야? 충분히 할 수 있잖아? 나를 개 패듯… 아니, 그 황홀한… 흠흠, 아무튼 그런 힘은 처음 느껴 봤다니까?"
허! 누가 들으면 오해할 소릴!
그 예로 주 팀장이 식은땀을 흘리며 눈을 뒤룩뒤룩 굴리는 게 보였다. 무슨 죄라도 지었나?
도현은 개미지옥 같은 강혁의 말에 휘말리지 않기 위해 빨리 탈출하고자 헌터증에 마나를 불어넣었다.
푸른색의 카드가 파르르 떨며 검게 변했다.
푸른색일 때의 검은 글자는 흰색이 되었다.
"헉, 거, 검은색?"
"됐죠? 갑니다."
"조카! 조카아아아!"
색깔에 따라 뭔가 다르다는 걸 눈치챘지만, 도현은 헌터증을 인벤토리에 넣고 재빨리 출입했던 창문으로 뛰었다.

뒤따라 나오려던 강혁이 주춤했다. 극구 사양하던 주 팀장도 멍한 얼굴로 도현을 바라봤다.

도현이 아래로 추락하지 않고 허공에 떠 있었기 때문이었다.

'음, 이거 나쁘지 않은데.'

오랜만에 정통 마법을 썼더니 생각보다 편했다.

'통학 때도 굳이 드론을 타지 않아도 되겠어.'

호기심에 탔다가 편해서 계속 애용한 것이지만, 이 방법이 빠르고 편할 것 같았다.

물론 날씨가 좋지 못하다면 그땐 드론을 다시 이용하겠지만 말이다.

"조카, 밥 먹고 가!"

'밥! 으음······.'

아직 포기하지 않은 강혁이 외쳤다. 밥. 자신이 무척 좋아하는 협회의 뷔페가 눈에 아른거렸지만 도현은 고개를 저었다.

삼촌과 마주 보며 밥을 먹는다?

또 무슨 일을 벌일지 생각하기도 싫었다.

거기다 워프에서 구한 재료도 있다.

'요리를 해 보고 싶기도 하고.'

창문에 붙어 구경 중인 사람들에게 손을 흔들어 준 도현은 자신의 집을 향해 움직이기 시작했다.

그러길 채 5분도 안 돼서.

"대체 여기가 어디야?"

생각 없이 날아왔던 도현은 방향을 잃어버렸다.

주택과 상가가 거미줄처럼 이어지는 가운데 교차로가 눈에 들어왔다.

도현은 대로변에 착지하고서 근처 안내판을 둘러봤다.

고려대학교 구로 병원 100미터.

왠지 흰옷 입은 사람들이 보인다 싶더니.

"이거 정반대 방향으로 와 버렸네."

다시 날아가려다 포기했다.

또 방향을 잃고 헤매는 건 사양이다.

'택시 드론을 불러서 타고 갈까?'

오늘 하루 바쁘게 보냈으니 그게 심신 회복을 위해서라도 좋은 선택 같았다.

그렇게 생각이 기울었을 때, 위장이 도현에게 항의했다.

"아, 오늘 먹은 게 없네."

이른 아침에 나가야 해서 굶었더니 워프에서 바쁘게 설쳐야 했고, 헌터 테스트니 뭐니 해서 시간이 훌쩍 지나 버렸다.

결국 먹은 거라고는 워프의 하리오카 열매 하나가 전부.

"뭐, 드론 탈 거면 배 좀 채우고 갈까?"

근처가 병원이고 하니 음식점도 있을 거다.
 다행히 다양한 가게가 즐비해 있었다. 그중 눈에 띈 건 소고기 국밥집.
 "그러고 보니 돌아와서 국밥을 먹어 본 적이 없었네."
 고기 사랑이 좀 식긴 했어도 제브라드의 고기와 대한민국의 고기는 비교 자체가 미안할 지경이다.
 굳이 따지자면 저렴한 믹스 커피와 스페셜 드립 커피의 차이랄까.
 그런 품평을 머릿속으로 해 대는 동안 발이 알아서 국밥집으로 향하고 있었다.
 고소하고 진한 소고기 냄새에 미소가 지어질 무렵, 스쳐 지나가는 진한 어묵과 순대 냄새가 코를 때렸다. 고개가 휙 돌아갔다.
 작은 공터에 세워진 포장마차. 간이 분식집이었다.
 번쩍!
 떡 귀신, 어묵 귀신으로 불렸던 도현의 또 다른 자아가 순간 각성하듯 깨어났다.
 어슬렁어슬렁 걷던 걸음이 직각으로 틀어지며 빠르게 포장마차로 향했다.
 "총각, 어서 와!"
 비닐 커버를 젖히고 들어가자 인심 넉넉해 보이는 아주머니가 곰살맞게 도현을 맞이했다.

오른쪽에서부터 떡볶이, 순대, 어묵, 튀김과 김밥이 눈에 들어왔다.

 온몸에 새빨간 고추장을 듬뿍 끼얹은 굵은 떡이 유혹하듯 고고하게 반짝였다.

 찜기에서는 조용히 사우나 중인 순대가 탱글탱글한 자태를 뽐내고 있었다.

 그 옆으로 커다란 꽃게를 선두로 국물 우림용 새우와 무, 대파가 둥둥 떠다니는 국물 위에선 무수히 꽂힌 꼬치가 반신욕 중이었다.

 꿀꺽!

 도현은 오랜만에 식탐과 허기짐을 함께 느꼈다.

 "뭐 줄까? 여기 없지만 우동도 있어~"

 "서서 먹어도 되죠?"

 "그럼~ 앞접시 줄게. 거기 종지 있으니까, 간장 덜어 먹어요~"

 손바닥만 한 플라스틱 흰 접시가 위생 비닐에 싸여 도현 앞에 놓였다.

 집게를 든 도현은 먼저 떡볶이를 덜었다. 튀김을 잡으려니 아주머니가 다른 접시를 내밀었다.

 "여기 덜어 봐. 내가 데파 줄게."

 도현이 피식 웃었다. 너무 오랜만에 듣는 말이었다.

 데워 준다는 부산 사투리.

친한 친구인 김민혁의 어머니가 부산분이셨던 탓에 알고 있는 말이었다.

'그러고 보니 친구 놈들도 찾아봐야 하는데.'

까먹기도 했고, 바쁘다 보니 계속 미뤄 버렸다.

'헌터증이 있으니 이번 주에 두 곳 다녀오고, 몇 달 쉬어야지.'

진정한 백수 라이프를 실천할 수 있을 것 같아 도현의 입꼬리가 끝없이 승천했다.

"고맙습니다."

그사이 김밥 한 줄까지 주문한 도현의 앞에 두 접시가 더 늘어났다.

그리고 첫 접시의 떡볶이는 국물로 홍수가 날 것 같았다.

튀김과 김밥 때문에 늘어난 국물이었다.

'먹어 볼까.'

집게를 든 손이 진지했다. 떡을 집어 절반을 베어 물었다.

쫀득쫀득!

두툼하면서도 쫀득한 식감이 밀가루 떡이 아니라 쌀로 만든 떡인 걸 알 수 있었다.

적당히 퍼진 떡 사이로 스며든 양념이 떡과 적절하게 배합되어 식감과 맛을 극대화했다.

도현은 몇 번 씹지도 않고 나머지 떡을 입에 밀어 넣었다.

진한 어묵 국물의 맛과 향이 떡볶이 소스에서 느껴졌다.

짭조름하면서도 어묵 특유의 맛에 취해 순식간에 5개의 떡을 해치웠다.

밀떡을 좀 더 선호하지만, 이런 맛이라면 쌀떡도 좋았다.

쌀에서만 느낄 수 있는 쫀득한 식감의 여운에 좀 더 먹고 싶지만……

"쩝."

남은 접시의 먹거리들이 애처롭게 도현만을 바라보고 있었다.

황금빛을 뽐내는 튀김을 과감하게 낚아챘다.

바사삭!

솜사탕처럼 부드러운 튀김옷이 입안에서 바삭거리며 부서졌다.

고소한 기름 향에 이어 적당한 두께감의 고구마가 진득한 단맛을 뽐냈다.

'이건 사기다.'

한때 우스갯소리로 운동화를 튀겨도 맛있다는 말을 듣긴 했었는데, 이 정도라면 정말 먹을 수 있을지도 모르겠다는 생각이 들었다.

한 입을 베어 먹은 고구마튀김을 떡볶이 소스에 찍어 전부 밀어 넣었다.

미친 조합이다. 정신이 아찔해질 정도였다. 떡만 먹을 때만 해도 거치적거렸던 당근채와 무채가 함께 어우러지며 당도를 배로 높였다.

그런데도 단맛이 과하지 않다.

산뜻한 단맛이랄까.

'설탕?'

아니, 설탕은 아닌 것 같다.

재료가 뭔가 싶어 생각에 빠졌을 때, 아주머니가 웃으며 한마디 던졌다.

"단맛이 다르지? 채소랑 과일을 갈아 넣어서 그래."

"과일요?"

이런 처음 듣는 말이었다.

"배 말이야. 근데 요즘 배가 비싸서. 워프에서 나오는 호호가 열매를 써. 배랑 똑같거든."

새삼 세상 모든 것에 워프가 녹아 있다는 느낌이 들었다.

"맛있네요."

새로운 방법을 깨달은 도현은 조용히 튀김과 김밥을 비워 갔다.

뒤를 이어 순대 2인분과 어묵으로 물떡, 곤약 꼬치를 먹고 입가심으로 우동까지 한 그릇 말았다.

"잘 먹었습니다."

간단히 먹고 가려고 했던 생각과 달리 든든하게 배를 채우고 말았다.

과식이 아닌 게 어디인가.

"아이고야, 총각, 배 안 터졌어?"

도현의 앞은 접시와 꼬치, 그릇들로 어수선했다.

7명이 먹어도 많았을 잔해를 보고 아주머니도 놀란 기색이었다.

"아주머니, 얼마죠?"

"3만 원만 줘. 뒷자리는 서비스야."

엄청나게 먹었다고 생각했던 것과 달리 너무 저렴한 가격에 도현은 두 번 놀라고 말았다.

"너무 저렴하게 판매하시는 거 아닙니까?"

"그런 것 같지? 그래도 욕심 안 부리면 괜찮아. 그 덕인지 단골도 좀 있고."

뿌듯해하는 아주머니를 보자 도현은 자신도 모르게 미소가 지어졌다.

'이런 기분 참 좋네.'

도현이 만족스럽게 웃으며 지갑에서 돈을 꺼내 건넸다.

"정말 잘 먹었습니다."

"엄마, 나 왔어."

마지막 인사를 하고 나가려던 도현은 익숙한 목소리에 고개를 돌렸다.

"손님 계셨… 어?"

흙투성이인 몸을 장갑으로 털고 들어오는 사내.

피부가 검게 탔지만 그 덩치와 목소리만큼은 변하지 않

왔다.

도현의 눈이 아련한 반가움을 담았다.

"오랜만이다, 민혁아."

"우도현?"

500년 만에 죽마고우와 재회했다.

도현은 집에 들어오자마자 멍하니 소파에 널브러졌다.

분식 포장마차에서 만난 친우는 기억 속 친우와 많이 달라져 있었다.

'졸업식 날 아버지가 돌아가셨어. 엄마는 입원 중이었고.'

사업으로 바쁜 아버지와 지병으로 병원에서 살다시피 하는 어머니를 둔 김민혁은 환경 때문인지 철이 빨리 들었었다.

'차에서 번개탄과 유서가 발견됐다더라. 미안하다고. 짐 남겨 두고 가서 미안하다고. 아버지 이름으로 빚이 50억이었어.'

장례도 쉽지 않았단다. 조문객보다 빚쟁이들이 더 많아서 삼일장도 못 치르고 발인을 서둘렀을 정도로.

'그렇게 정신없이 일주일이 지나고 보니까 각성했더라.'

 모자가 함께 각성했단다. 아주머니는 5급, 민혁이는 7급. 각성으로 아주머니의 지병은 깔끔히 나았고, 민혁이도 선택의 폭이 넓어졌다.

'그런데 삶이란 게 참 쉽지 않더라. 상속 포기한 아버지 빚이 포기가 안 된대.'

 각성자 5급. 그게 발목을 잡았다.
 6급까지는 국가대표 수준이라면 5급부터는 워프 한 번 출입할 때마다 억 소리 나게 벌 수 있으니까.

'엄마는 아팠던 몸이라서인지 5급 턱걸이였어. 게다가 능력도 헌터와 전혀 무관했고.'

 발현한 능력은 '분식 맛내기'라고 했다. 민혁이가 분식을 좋아했는데 지병으로 맛을 못 느꼈고, 그래서 해 주지 못한 마음에 그쪽으로 능력이 기울어진 것으로 결과가 나왔단다.

'그래도 괜찮아. 희망은 있으니까.'

생각보다 매출은 꾸준히 늘어서 10억 정도를 탕감했다고. 최악의 소식은 아니었다. 단지…

'…이 등급으로 할 수 있는 게 막노동뿐이라서. 하하.'

멋쩍게 웃는 민혁의 얼굴을 보며 도현은 친우를 만났다는 기쁨보단 답답함에 한숨이 나왔다.
학생 때만 해도 뭐라도 될 거라고 생각했던 녀석인데.
서글서글한 외모에 성격도 좋았다. 얼굴까지 반반해 근처 학교까지 소문이 파다했던 녀석이었다.
같은 나이임에도 형 같았던 친구.
그래서일까. 도현은 더 마음이 착잡했다.
고3이 되고 본격적으로 가상현실 게임에 빠지면서 친구들을 등한시하지 않았다면, 그랬다면 힘이 되어 줄 수 있지 않았을까.
새삼 어렸던 자신에게 화가 나긴 오랜만이다.

'늦었지만 아저씨, 아주머니께 정말 감사하다고 전해 주

라. 장례… 못 치를 뻔했던 거 도와주셨거든.'

도현은 의아했다.

분명 엄마는 모른다고 했는데?

'친구니까 알아서 결정하라는 건가?'

결정할 사람은 자신이니 그런 걸까.

"하아."

짧은 시간에 많은 생각이 들었다.

민혁을 도와주는 건 도현에겐 별일이 아니었다.

썩어 넘치는 게 돈이었고, 인벤토리는 무엇이 들어 있는지 전부 외우지 못할 정도로 가득했다.

그중 몇 가지만 사용해도 민혁의 등급을 차도식과 동급으로 순식간에 올려 줄 수 있었다.

'그런데 그게 과연 옳은 일일까?'

씁쓸하게 타인의 이야기처럼 읊조리던 녀석의 모습이 계속 눈에 아른거렸다.

제브라드에 떨어지기 전, 평범한 고등학생일 때의 도현은 세상 물정 모르고 불만만 가득한 도련님이었다.

그런 성격 때문에 임혜정은 도현을 일반 고등학교로 진학시켰고, 세상을 배울 줄 알았던 도현은 오히려 친구들과 어울리며 소소한 사고를 치고 다녔었다.

그걸 고쳐 주며 친구로 남아 준 녀석 중 하나가 김민혁이다.

"선택은 녀석한테 맡기자."

어떻게 됐든 베풀어 줄 수 있는 게 어딘가.

"그러고 보니 강한이랑 근석이는 어떻게 지내는 거지?"

민혁이와도 연락이 끊겼다니, 어디서부터 알아본다?

꼬르륵.

기지개를 한껏 켜던 도현은 먹을 걸 달라는 위장의 소리에 입맛을 다셨다.

분식을 먹고 온 지 얼마나 됐다고 이러는지.

시간을 확인하니 8시가 다 되어 간다.

먹은 게 4시가 다 되어서였으니 고플 만하네.

"뭐 먹지?"

기분도 영 구리니, 밥이 안 당긴다.

"혼술이나 할까."

이런 날엔 한잔해 줘야 할 것 같다.

메뉴는-

"안줏거리로 어묵탕이랑 꼬치가 낫겠네."

워프에서 구했던 재료들이 생각났다.

희한하게도 생산 워프에서 나오는 몬스터들은 식용이 가능했다. 일반적인 육류들보다 더 맛이 좋다. 워프에서 나온 고기라서인지 자주 먹어 주면 젊어진다는 속설도 생겨 인기는 하늘을 찌를 정도였다.

그 때문에 고가로 거래되며 나오는 즉시 다 팔려 버리니 일반인들에게는 출혈을 감수해야 할 정도로 고급 음식이지만, 헌터한테는 쉽게 접할 수 있는 먹거리 중 하나였다.

도현은 소파에서 벌떡 일어나 주방으로 갔다.

냉장고를 뒤져 모둠 어묵과 대파, 양파, 무, 다진 마늘, 그리고 멸치와 건새우, 가다랑어포가 든 국물 우림용 다시팩 하나를 꺼냈다.

도마 위에 올린 어묵을 한 입 크기의 절반으로 잘랐다. 대파는 흰 부분 3분의 2, 푸른 잎 3분의 1 양을 어슷썰기 하고, 양파는 약간 두껍게 채를 썰었다.

무는 엄지 한 마디 크기로 깍둑 썰고, 다진 마늘은 밥숟갈 절반 정도로 준비했다.

이제 순서대로 넣고 끓이기만 하면 된다.

4, 5인용의 궁중 팬을 꺼내 절반하고도 새끼손가락 한 마디 높이로 물을 받아 끓인다.

다시팩을 넣고 썰어 둔 무와 어묵을 투하했다.

불린 어묵을 선호하는 도현만의 레시피였다.

15분쯤 지났을까. 슬슬 불기 시작한 어묵을 보고 다진 마늘을 넣어 휘적휘적 저어 주었다.

곧바로 대파와 양파를 넣어 3분 뒤 약불로 낮추며 뚜껑을 닫았다.

이제 할 일은 진국이 우러나며 어묵이 불기만 기다리면 된다.

"이제 꼬치를 준비해 보실까."

도현은 양손을 비비며 눈을 반짝였다.

그가 생각한 꼬치는 빅카우엑스의 고기와 빅모랄보어의 고기, 그리고 따끈따끈한 하리오카 열매가 메인이다.

거기에 파프리카와 떡, 파인애플을 함께 꽂아 구워 준다면…….

꼴깍.

생각만 해도 군침이 입안 가득 흘렀다.

행동이 빨라졌다. 주방과 거실 사이 작은 복도로 나갔다.

쭉 뻗은 복도 왼쪽에는 새시 넘어 옥상이 보이고, 오른쪽에는 방문 2개가 나란히, 마지막 복도 끝에도 문 하나가 보였다.

드르륵.

도현은 새시를 열고 옥상으로 나갔다.

투룸 하나는 지을 정도로 넓은 옥상을 넘어 도심 속 야경이 한눈에 보였다.

"서둘러야지."

옥상으로 나온 이유는 몬스터 사체를 도축하기 위해서였다.

빅카우엑스와 빅모랄보어를 잡고 시간이 좀 지나 버렸지만, 상관없다. 인벤토리에 들어가면 모든 게 넣기 직전의 상태로 보존되니 말이다.

"안심이 좋을까, 등심이 좋을까? 아니, 채끝… 부채살이

나 꽃등심?"

콧노래를 흥얼거리며 인벤토리에서 빅카우엑스의 사체를 꺼냈다.

5미터의 거대한 소 한 마리가 육중한 소리를 울리며 바닥에 떨어졌다.

도현이 오랜만에 애검을 꺼내 시원하게 자르려고 할 때였다.

[도축 시스템을 이용하시겠습니까?]

"오?"

생각지도 않은 편의에 감탄이 나왔다.

이런 건 사양 않고 이용해 줘야지.

고개를 끄덕이자마자 바로 도축이 끝난 사체는 도축업자도 울고 갈 만큼 깔끔하게 분해되어 부위별로 정리되어 나타났다.

먹을 부위를 선별하고 나머지는 지퍼백에 담아 인벤토리에 넣었다.

5분도 안 돼 다시 주방으로 돌아온 도현은 도축을 끝낸 고기를 싱크대에 올려 두고 냉장고에서 재료를 꺼내 다듬었다.

"아, 꼬치가 있었나?"

즉흥적으로 생각한 메뉴라 도구가 있는지 확인도 하지 않았다는 걸 그제야 깨달았다.

"흠……."

지금 나가서 사 오기에는 흥이 깨질 것 같다.

'그냥 이대로 볶을까?'

꼬치에서 볶음으로 생각이 기울 때 다시 음성이 들려왔다.

[재료를 확인합니다.]

[추천 메뉴-바비큐 꼬치]

[바비큐 꼬치를 제작하시겠습니까?]

이런 기능도 있었다고?

오늘따라 시스템이 정말 마음에 들었다.

"응."

[바비큐 꼬치를 완성했습니다.]

눈을 한 번 감았다 떴을 뿐인데 한 뼘 길이의 꼬치 20개가 가지런히 도마 위에 놓여 있었다.

"허, 구워지기까지 해?"

막 불에서 꺼낸 것처럼 자글자글거리는 소리와 함께 김이 모락모락 올라오는 게 보였다.

탄 것도, 그렇다고 설익은 것도 아닌 노릇노릇하게 익어 황금빛이다.

겉면의 윤기에 위가 꼴린다.

미치겠다.

자신도 모르게 절로 손이 가려는데, 시스템 창이 시야를 가렸다.

[빅카우엑스 꼬치]
카리오카 뿌리를 꼬치로 사용. 빅카우엑스의 꽃등심과 과일,
채소가 함께 어우러진 꼬치.
카리오카 뿌리 특유의 향이 재료의 맛을
한층 더 끌어올렸다.

[빅모랄보어 꼬치]
카리오카 뿌리를 꼬치로 사용. 빅모랄보어의 삼겹살과 과일,
채소가 함께 어우러진 꼬치.
카리오카 뿌리 특유의 향이 재료의 맛을
한층 더 끌어올렸다.

"히야-"
생각지도 않은 수확에 도현은 기쁨의 탄성이 나왔다.
시스템이 이렇게 마음에 들긴 처음이다.
잽싸게 접시를 꺼내 꼬치를 담고 불을 끈 뒤 어묵탕을 식탁에 세팅했다.
진간장과 식초, 설탕으로 간단한 소스까지 올린 뒤 맥주

와 소주를 꺼내 유리잔에 1 대 1로 섞었다.

 제일 맛있는 비율. 적당히 즐기기에 딱 좋다.

 의자에 앉자마자 젓가락을 놀려 퉁퉁 분 어묵 하나를 소스에 찍어 입에 넣었다.

 뜨끈한 국물에 하아, 한 김 빼 주고 씹자 진한 생선 특유의 맛이 입안에 가득 퍼지며 살캉살캉한 식감이 탄력적이게 느껴졌다. 짭조름한 어묵 맛에 절로 고개가 끄덕여진다.

 이어서 우동 스푼으로 국물을 떠 후르륵 마셨다.

 "크으- 이 맛이지!"

 소맥 한 잔까지 원샷 하자 아릿하면서도 달콤한 맛이 입안을 농락했다.

 이번엔 꼬치다.

 다시 소맥을 말고 소냐, 돼지냐의 고민을 하던 도현은 소를 택했다. 식으면 맛이 먼저 반감되는 게 소였기 때문이다.

 맨 위에 꽂힌 파프리카를 씹었다.

 구워진 탓에 첫 질감은 무른 느낌이었지만, 중간쯤 터져 나오는 파프리카의 특유의 달달한 즙과 아삭한 식감이 입맛을 돋았다.

 곧바로 빅카우엑스의 꽃등심을 씹었다. 엄지 두께의 고기가 제법 두꺼울 법도 한데, 부드럽게 씹히며 육즙과 지방이 함께 어우러져 하모니를 이룬다.

 도현이 제일 좋아하는 레어 상태의 굽기였다.

꼬치로 사용된 카리오카 뿌리 때문일까?

허브를 가미한 것처럼 약간의 쌉쌀하면서도 산뜻한 향이 모든 맛을 아우르며 입안을 깔끔하게 만든다.

"끝내준다!"

자르지도, 굽지도 않았음에도 이렇게 완성도 높은 요리라니.

이상하게도 요리만큼은 마음대로 되지 않던 그였기에, 시스템에 대한 호감도가 팍팍 올라갔다.

세 번째로는 하리오카 열매였다. 따자마자 먹었을 때도 정신없이 먹어 치워 버렸는데, 익힌 건 어떤 맛일지 궁금증과 호기심이 증폭되었다.

살캉살캉.

익히기 전에는 단맛과 라임 향이 강한 여운을 남겼다면, 익힌 열매에는 상큼함이 더했다.

라임 향은 더욱 진해져 새콤달콤한 맛까지 어우러진다. 마치 밀당 당하는 느낌마저 들었다.

정신없이 꼬치 하나를 먹어 치우는 데 든 시간은 3분도 되지 않았다.

꿀꺽꿀꺽.

다시 소맥을 원샷한 도현은 입안에 감도는 여운을 음미했다.

꿀꿀한 기분에 시작한 혼술이 생각보다 꽤 즐거운 시간

진심 • 301

으로 변했다.

"이젠 빅모랄보어 꼬치!"

잔뜩 기대감에 꼬치를 들었을 때였다.

끼낏!

워프에서 나오기 직전, 잠들며 소환 해제되었던 원숭이가 정수리 위로 툭 떨어지더니 도현의 몸을 타고 식탁 한편에 자리를 잡았다.

"배고파서 깼냐?"

픽 웃은 도현은 손에 든 꼬치를 원숭이 눈앞에서 휘휘 흔들었다. 유리알처럼 반짝이는 초록 눈동자가 홀린 듯 꼬치를 쫓았다. 입가로 흐르는 침만 봐도 얼마나 먹고 싶어 하는지 알 수 있었다.

빈손으로 접시를 가져와 꼬치 하나를 올려 밀자 하나씩 빼서 양손으로 오물거리기 시작했다.

끼끼끼끽!

몸을 부르르 떨며 팔딱팔딱 뛰어 대는 폼이 영락없는 원숭이였다.

"어째 이런 게 펫이 돼서는."

워프 속에서 이놈이 나왔을 때만 해도 얼마나 황당했는지, 아직도 그때의 허탈감은 잊을 수 없었다.

적게 잡아도 만 개가 넘어갈 붉은 마나석이 모조리 타오르더니 알로 흡수될 건 뭐란 말인가.

그러고 태어난 게 이 원숭이였다.

거기에 이어진 시스템 알림까지.

[태초의 장인 종족, [펫]돌원숭이(유일)를 획득하셨습니다!]

[돌원숭이는 대장장이의 신, 불카누스의 화신으로 만들지 못하는 것이 없습니다.]

[불의 축복을 받습니다! 불을 자유자재로 다룹니다.]

[불 속성에 대해 100퍼센트 면역을 가집니다.]

[알에서 갓 태어났습니다. 도현 님을 부모로 여깁니다.]

[호감도 MAX! 도현 님의 어떠한 말이든 믿고 따릅니다. 부모로서 이름을 지어 주세요!]

[성장 속도가 빠릅니다.(1,000퍼센트)]

혹 떼려다 혹 붙은 상황은 마음에 안 들지만 이미 붙은 혹을 뗄…

"양도는 안 되려나?"

제 몸 하나도 귀찮은데 펫이 달가울 리가 없다.

끼끼낑!

열심히 꼬치를 먹어 대던 녀석이 벌떡 일어나 항의를 해댔다.

붉은 털에 얼굴까지 붉어지니 토마토가 따로 없었다.

"말까지 알아듣나?"

팔짱을 끼고 고개까지 끄덕이는 녀석을 보고 도현은 허,

하고 웃었다.

"그러고 있으면 나머지 내가 다 먹는다?"

끼낏! 끼끼낏!

부리나케 앉아 다시 먹어 대는 모습을 보고 도현은 피식 웃었다.

뭐, 이런 정도라면 키우는 것도 나쁘지 않을지도.

'그러고 보니 이름을 지어 주란 알림이 있었지?'

도현은 복스럽게 꼬치를 먹어 치우는 녀석을 뜯어봤다.

말이 끝나기 무섭게 앉아 먹은 지 몇 분이나 됐다고, 빈 꼬치가 5개로 늘어났다.

형광등 빛을 받아 붉은 털에 윤이 좔좔 흐른다. 적당히 풍성한 모량이 꼭 솜 인형 같았다.

꼬치가 입에 맞는지 먹는 얼굴에 홍조까지 띠다 시선이 마주치자 이를 드러내며 웃는다.

'야 인마, 이에 고기 다 꼈다.'

킥 웃은 도현은 고개를 끄덕였다.

"그래, 네 이름은 토토다."

토마토라 하기엔 음식 이름을 붙이기 뭣하니 토토라고.

그렇게 단순하고 센스 없는 이름의 펫이 탄생했다.

그리고-

[[펫]돌원숭이(유일)에서 [펫]토토(돌원숭이/유일)으로 변경됩니다.]

여기까지는 예상 범위였다. 하지만…

[돌발 퀘스트 완료!]

['이종족 방문자의 만족도 A 달성하기'가 완료되었습니다!]

[보상(농장)이 주어졌습니다.]

[농장으로 이동하시겠습니까?]

돌발 퀘스트가 도발적이게 도현을 놀랬다.

마시던 소맥을 마저 비운 도현은 어이없는 얼굴로 메시지를 한참이나 바라보고 있었다.

'방문자가 그 방문자가 아니라고?'

아니, 방문자가 집으로 찾아오는 방문자에 한정된 게 아니라는 말이 맞았다.

끼?

가만히 있는 도현이 이상했는지 토토가 콩만 한 손으로 도현의 손을 잡았다.

가득 묻은 음식 잔해가 손에 느껴졌다. 어떻게 먹은 건지 토토의 몸 전체가 기름과 다양한 즙으로 번들거렸다.

"온몸으로 먹는구나."

무슨 피부에 양보할 것도 아니고.

시원한 트림까지 해 댄 토토의 볼을 툭툭 쳤다.

"청소."

그 한마디로 토토의 몸과 자신의 손까지 깨끗하게 만들

고 도현은 농장으로 이동했다.

[농장 첫 방문을 환영합니다.]

"생각 그대로의 농장이네."

보상이 농장이라고 할 때부터 예상했던 풍경이 그대로 눈앞에 펼쳐졌다.

끝도 보이지 않는 황무지. 그 중앙에 도현이 서 있었다.

[무엇이든 재배가 가능합니다.]

[농장:무럭무럭 성장(성장 속도 10배 증가)이 적용됩니다.]

[농장:타임아웃(현실 시간 흐름 정지)이 적용됩니다.]

공기 속에 진한 마나의 기운이 느껴졌다. 거기다 진붉은 빛을 띠는 거친 땅은 무엇을 심어도 전부 풍작이 될 것 같았다.

노농이 봤다면 눈이 뒤집혔을 그런 땅.

아무 생각 없는 도현에게 주어진 현실이 안타까울 뿐이었다.

"끽끽!"

도현의 어깨에 앉아 있던 토토가 코딱지만 한 노란 덩어리를 도현의 손에 올렸다.

물방울 형태의 납작한 모양. 하리오카 열매의 씨였다.

아무래도 꼬치 재료를 다듬다 몇 개가 제거되지 않았나 보다.

"이걸 심자고?"

몸이 휘청일 듯 크게 고개를 끄덕이는 토토를 보고 웃은 도현은 인벤토리에서 하리오카 열매 하나를 꺼냈다.

검지를 들어 열매 위에 가로세로로 긋고 다시 사선으로 교차하며 그었다.

쩍!

자로 맞춘 듯 8조각이 나 버린 열매 중 한 조각을 집은 토토가 입을 쩍 벌렸다.

"먹으려고? 이거 심으면 수십 개는 더 먹을 수 있는데?"

움찔.

토토는 손에 든 열매와 땅을 번갈아 보다 결국 땅으로 내려가 흙을 파고 열매 조각을 묻었다.

끼낏!

여덟 번의 반복으로 땅 위에는 작은 흙더미들이 봉긋하게 솟았다.

삐뚤빼뚤, 간격도 엉망이었지만 뿌듯해하는 토토가 귀여워 도현은 자신도 모르게 토토의 머리를 쓰다듬었다.

뽁! 뽁뽁!

토토의 머리에서 나는 소리는 아니었다. 토토가 심은 씨

앗의 흙더미에서 죽순처럼 줄기가 삐죽 튀어나왔다.

눈을 깜빡이니 그사이에 두 배로 자란 줄기에 넓은 잎이 달리기 시작했다.

우드드득!

기지개를 켜듯 하늘로 쭉쭉 뻗어 가던 줄기는 어느새 기둥처럼 단단하게 굵어졌다.

이리저리 뻗은 가지에 우산처럼 넓은 잎이 성장에 춤추듯 살랑살랑 흔들린다.

순식간에 꽃이 피고 꽃잎이 떨어지더니 탐스러운 열매가 맺혔다.

30분도 지나지 않은 시간이었다.

끼끼긱!

주렁주렁 열린 하리오카 열매가 햇볕에 반사되어 싱그럽게 반짝였다.

신난 토토가 나무 사이사이를 뛰어다니며 제 몸보다 큰 열매 하나에 매달려 갉아 먹어 댔다.

"성장 속도 10배라더니……."

나무통은 어림잡아도 성인 남자의 허리만큼 굵었다.

황무지였던 땅이 순식간에 숲… 아니, 과수원이 되다니.

나무 자체가 빠르게 자라는 종인 걸까?

워프 안에서 돔고블린의 무리를 덮었던 하리오카가 떠올랐다. 일반적인 나무였다면 제아무리 몬스터라고 해도 생활공간인 곳에 무턱대고 심지는 않았을 거다.

그렇다면 성장 속도가 빠르다는 소리인데-

"뭐, 어쨌든. 이제 걱정 없이 먹어도 되겠네."

소소하게 100개밖에 못 챙겨 아껴 먹을 생각이었던 도현은 이렇게 계속 먹게 되어 좋았다.

"그럼 돌아가서 혼술이나 마저 해야지."

도현이 머릿속으로 '나가기.'를 떠올리자 출입을 묻는 메시지창이 나타났다.

[현실로 되돌아갑니다. 3, 2, 1.]

흑백이었던 현실에 색이 입혀지며 천천히 돌아오기 시작했다.

따끈한 김을 뿜어내는 어묵탕과 꼬치, 토토가 먹어 치운 빈 꼬치까지.

비워진 유리잔을 보자마자 다시 소맥을 제조한 도현이 어묵 하나를 후 불어 입에 넣자마자 방문이 벌컥 열렸다.

쿠당탕탕!

"우와왁!"

요란한 소리가 거실을 울리며 사내 하나가 볼썽사납게 널브러졌다.

달칵.

닫힌 방문 위로 3시간이 카운트되기 시작했다.

잠깐의 정적. 얼굴을 번쩍 든 사내가 당황한 얼굴로 물었다.

"여, 여기는 어딥니까?"

여기저기 깨지고 해진 중세 시대 갑옷을 입은 덩치 큰 사내였다.

한 손에는 둥글게 매듭진 사슬을 들고, 붉어진 코를 매만지는 모습이 허술하다 못해 멍청해 보이기까지 했다.

황당한 시선으로 주변을 두리번거릴 때마다 탁한 빛을 띤 푸른색의 긴 머리가 산발한 채 나풀거린다.

얼빠진 얼굴과 덩치가 마치 미련한 곰 한 마리가 서 있는 느낌.

제브라드에서 흔히 볼 수 있는 용병이었다.

다른 점이 있다면 너무 누추하달까.

'이번엔 한 명인가?'

그나마 다행이라고 생각한 도현은 자신의 맞은편 자리로 턱짓하며 사내를 불렀다.

"정신 차렸으면 여기 앉지."

"당신은 누굽니까? 여긴 어디고요? 난 분명……."

횡설수설하며 앉던 사내는 소스라치게 놀랐다.

"다, 당신은… 설마, 제브라드의 사자? 여긴 제가 죽어서 온 사후 세계인 겁니까? 오, 세상에, 제브라드시여!"

"제브라드 사자……?"

제브라드인들은 죽으면 자신들 세계의 신의 사자가 내려와 데려간다고 믿었다.

그리고 신을 만나 선행과 악행을 재어 새 삶을 살 수 있을지, 소멸시킬지 판결을 내린다는 그런 전설이 있었다.

'몸은 멀쩡한 걸 보니 자해는 아니고, 목을 매달… 사슬이 끊어져 있네.'

그래서일까. 자신이 죽었는지 산 건지 구분 못하는 사내가 너무 어이없었다.

"저의 한탄을 듣고 이런 술자리까지……. 크흑! 감사합니다."

사내는 혼자 주절주절 떠들더니 자연스럽게 꼬치를 들어 한 입 베어 물었다.

"헉!"

씹자마자 눈이 휘둥그레지더니 이내 눈물을 뚝뚝 흘려댔다.

"크흐흑, 죽고서야 이런 음식을 먹어 보다니……. 녀석들도 함께 먹었다면……."

팔로 눈물을 훔치고 마저 꼬치를 다 비운 사내의 표정은 시시각각 변했다. 경악했다가 녹았다가 황홀했다가 그렁그렁 눈물이 맺혔다가.

도현은 낮게 한숨을 쉬고 일어나 빈 잔을 가져오며 인벤토리에서 럼주도 한 병 꺼냈다.

1 대 1 대 1.

톡 쏘는 맛 뒤로 훅 끓어오르는 취기가 나름 매력적인 비율이다.

 제조를 끝내고 사내에게 내밀자, 울면서도 한 번에 원샷으로 마셔 버렸다.

 사내는 크흐흡, 콧물을 삼키고 퉁퉁 부은 눈으로 도현에게 고개를 푹 숙였다.

 "추태를 보여서 죄송합니다. 아시겠지만, 제가 무능력한 용병단 대장이라… 챙겨 줘야 할 애들이……."

 흐르려는 코를 다시 삼켰다.

 "아이들은 잘 간 겁니까? 당연히 선한 애들이니 길을 떠났겠지요? 크흡, 그런데 이게 음식이 맞긴 합니까? 이런 건 처음 먹어 봅니다."

 횡설수설하는 사내를 두고 도현은 말없이 일어나 그릇을 가져왔다.

 어묵탕을 덜고 포크와 우동 스푼을 함께 사내 앞에 놓았다.

 사내는 그것을 울면서 후르륵 마시다 눈이 튀어나올 것처럼 크게 뜨더니 기침을 하고 접시를 비운 뒤 도현이 한 대로 덜어 먹었다.

 경건하게 접시를 내려놓으며 감은 눈을 번쩍 떴다.

 "정했습니다. 죄가 있다면 달게 벌을 받을 것이고, 악행의 무게보다 선행의 무게가 무겁다면… 요리사로 태어나게 해 주십시오!"

사내의 결연한 의지는 너무나도 진지해, 도현은 난감함에 김빠지듯 웃고 말았다.

"우선 오류 좀 짚고 넘어가지."

"예, 신의 사자님!"

잔뜩 긴장한 사내가 반짝이는 눈으로 도현을 향했다.

"난 신의 사자가 아니야. 그리고 너도 죽지 않았어."

"…예?"

"무슨 이유에서 온 건지는 모르겠지만, 네가 목숨을 끊으려고 했을 때 이쪽으로 넘어온 것 같은데."

도현의 엄지와 중지가 맞부딪치며 '딱' 하고 소리를 내자 사내의 옆에 떨어진 쇠사슬이 허공에 떴다.

머리 하나 들어갈 정도의 큰 매듭 위로 길게 이어진 줄이 레이저로 잘라 버린 듯 깔끔하게 뚝 끊겨 있었다.

눈을 끔뻑이던 사내는 이내 울컥 울음을 터트렸다.

"저, 정말 제가 안 죽었군요… 안 죽었네요. 안 죽어… 하하핫!"

사내는 숨넘어갈 듯 웃어 대다 얼굴을 딱딱하게 굳혔다.

"그럼 당신은 누굽니까?"

곰 같은 덩치가 진지해진 얼굴로 일으킨 몸을 낮추며 허리춤으로 양손을 가져갔다.

검을 뽑기 위한 자세인 듯했지만, 그 허리는 텅 비어 있었다.

진심 • 313

"핫, 내 검! 아, 유언으로 빼냈……."

도현은 고개를 저었다.

어떻게 저런 놈이 용병 일을 할 수 있는지 진지하게 의문이 생겼다.

"어설프게 경계하지 말고 자리에 앉지?"

방금 전까지 한탄하며 처량하게 울다 음식을 맛보고 접시를 씹어 먹으려던 놈이 맞나 싶었다.

용병이 미친놈 집합소인 걸 알지만, 그래도 저렇게 곱게 미친 건 또 처음이었다.

"어, 음. 쉬시는데 방해드려 정말 죄송합니다."

예의 바르게 미치기도 쉽지 않다.

"이름."

"페드릭 카 블루울프라 합니다."

용병들은 이름 뒤에 등급과 소속단이 붙는다. 이는 귀족의 작위 계승의 우선순위와도 같았다.

'카면 최상급인데?'

도현의 머리가 오른쪽으로 살짝 기울었다.

제일 높은 순위가 카. 그 뒤로 차, 탄, 만, 비, 히, 사 순이었다. 용병단을 만들 수 있는 등급은 탄부터다.

믿기 힘든 건, 저렇게 어설픈 놈이 제일 높은 용병 등급을 갖고 있다는 것이었다.

혼란함의 극치인 페드릭을 보며 도현은 빈 잔에 세 종류의 술을 다시 말아 건넸다.

"페드릭, 용병단을 왜 해체했지?"

용병단 해체는 흔한 일이 아니었다. 용병단을 창설한 단장이 죽거나, 용병단이 유명무실해졌을 때 해체된다.

하지만 페드릭은 그런 이유와는 멀어 보였다.

"경영에 문제가 생겼습니다."

도현의 한쪽 눈썹이 씰룩였다.

"그러기 쉽지 않은데."

아무리 성격이 더럽다고 하더라도 카 등급은 용병계에서도 손에 꼽힌다. 기사로 치자면 소드마스터보다 한 단계 낮거나 반 단계 낮은 정도.

그런 힘을 가진 용병이 경영의 문제로 용병단을 해체한다고?

"제가 애들을 키우다 보니……."

"……?"

"의뢰를 해도 해도 부족하더라고요. 그래서 파산……."

"허……."

참신한 해체 방법이다.

"밥 먹을 돈도, 잠도 줄이고 계속 뛰어 봤지만 계속 적자고… 사실, 겉보기에 좋을지 몰라도 오랜 기간 전쟁이 없다 보니 몸값이 높아 의뢰가 잘 없었습니다."

그럴 수 있다.

강한 만큼 몸값이 적게는 몇 배에서 많게는 수십 배로 뛰는데, 웬만해서는 부담하기 쉬운 가격은 아니었다.

"……?"

가만, 전쟁이 없다고?

"전쟁이 없다?"

"예? 아, 예. 최근 하라잔에서 내전이 있었던 뒤론 전무할 정도입니다."

"내전 이전에는?"

"꽤 오래된 일이라……. 듣기론 한 100년쯤 되었다 들었습니다."

그 시기라면 도현이 지구로 돌아오고 얼마 지나지 않은 때다.

곰곰이 생각하려던 도현은 가볍게 포기했다. 어차피 제브라드에 돌아갈 이유도 없고 기회도 없으니까.

'남 일이야, 남 일.'

생각을 돌리며 페드릭이 했던 말들을 조합했다. 평온한 세상, 고아를 돌보는 용병단장.

'버틴 게 신기할 정도네.'

"3년 전만 해도 그럭저럭 버틸 만했는데, 1년 정도 지나자 의뢰가 뚝 끊겼습니다."

'그래서 자신에게 드는 경비를 줄인 건가.'

적어도 닭 한 마리 뜯을 수 있었던 생활 수준이 건포나 딱딱한 빵으로 떨어지고, 갑옷조차도 겨우 수선해 쓸 정도였을 테다.

돈을 쪼개어 용병단을 유지하면서, 아이들을 후원해야 할 정도라면…….

대체 얼마나 많은 아이들이 있었단 소리일까?

'미련하다.'

자신이었다면 애초에 시작도 안 했을 거다.

그 미련 속에서 무엇이 좋았던 걸까?

"미련하단 말 많이 듣습니다. 겉은 멀쩡한데 정 때문에 죽을 거라고요. 그래도 어쩝니까. 내전 속에 죽어나는 것은 평민들인데."

처음에는 내전이 아니었다.

그저 언제나 일어나는 영지전이 손쓸 겨를 없이 커져 버린 경우였다.

욕심으로 일어난 영지전으로 피해를 보는 건 그 땅에 사는 영지민들이다.

이유도 모른 채 징집됐고, 영지전이 끝난 뒤에는 영지민이라서 폭리에 가까운 세금을 내야 했다.

그것도 승전했을 때 잘 풀린 케이스였고, 패전의 경우는 말이 영지민이지 노예나 다름없었다.

그들이 살기 위해 한 선택은 도망이었다.

결과는 지옥이었다. 부모를 잃은 자식들, 버려진 자식들,

영지전으로 인해 잉태된 생명까지.

누구를 위한 싸움이었는지 알 수 없게 되었다.

"마지막 밥줄로 행상이나 던전을 찾기도 했지만 쉽지 않았습니다."

전쟁으로 돈을 날린 귀족들도 머리가 있다.

광산, 유적, 던전.

용병을 쓰면 큰돈이 나간다. 그래서 꾀를 낸 게 용병들에게 기사가 될 수 있는 기회를 주었다.

먹고살 길이 막막해진 이들이 몰리며 용병의 입지는 더 줄어들 수밖에 없었다.

문제는 거기서 터졌다.

용병단 내의 갈등이 분열로 이어진 거다.

"모두가 떠났습니다. 그것도 제 탓이니 이해했습니다. 그때 던전 하나가 발견되었고, 마지막으로 힘을 모으자고 했었죠."

그렇게 들어간 던전에는 자신이 구했던, 자신이 아꼈던 아이들의 목이 잘려 나뒹굴고 있었다.

"정신을 차렸을 땐 저 혼자뿐이더군요. 삶의 의미가 사라지고 나니 하나밖에 생각나지 않았습니다."

그 선택지가 쇠사슬 매듭이었다.

모든 이야기를 들은 도현은 입맛이 썼다.

깊은 한숨과 함께 정적이 내려앉았을 때, 페드릭이 슬며시 도현을 불렀다.

"저, 신의 사자님."

무심한 도현의 눈이 대록대록 눈을 굴리는 페드릭에게 닿았다.

"이거 좀 더 먹어도 됩니까? 너무 맛있어서… 헤헤."

꼬치와 어묵탕을 보며 입안 가득 침을 흘리는 모습이 퍽 천진난만했다.

"으허, 잘 먹었습니다!"

페드릭의 식성은 대단했다.

걸신들린 듯 먹어 치우는 모습을 보고 도현은 다시 세 번이나 요리를 만들어야 했다.

꼽사리 낀 토토도 통통하게 부른 배를 주체하지 못하고 식탁에 대자로 드러누워 숨만 쉬더니 이내 잠들었다.

도현은 문 위에 남은 시간을 확인했다.

1시간. 그렇게 먹고 이야기를 나누었음에도 꽤 시간이 남았다.

빈 잔을 내려놓는 페드릭에게 물었다.

"앞으로 어떻게 할 거지?"

발그스름하게 붉어진 얼굴과 입가에 지어진 잔잔한 미소가, 처음 들어왔을 때보다 꽤 좋아 보였다.

"저… 실례가 되지 않는다면 요리를 가르쳐 주실 수 있으십니까?"

"요리?"

도현의 묘한 눈빛이 페드릭을 향했지만 페드릭은 알지 못했다. 천장을 응시하고 있었기 때문이다.

페드릭의 눈은 이내 아련해졌다.

"얼마 만인지 모르겠습니다. 이렇게 아무 걱정 없이 먹어보기는."

고아의 삶, 굶는 게 당연했던 삶. 그 삶이 싫어 할 수 있는 건 다 했다.

구걸, 도둑질, 수발 등등.

검을 배우게 된 건 어떤 용병의 미동이 되고서였다.

운이 닿아 검을 배울 수 있었다. 그 후로 용병이 되었고, 카 등급을 거머쥐었을 때 처음으로 한 일이 최고급 레스토랑에서 모든 음식을 시켜 먹는 것이었다.

그때 미친 듯이 먹고, 배가 터질 것 같아도 억지로 입에 밀어 넣었다. 울면서 먹고 토하고 먹고, 먹고, 또 먹고. 그런데도 허기가 메워지지 않았었다.

그런 그때에 비해…….

페드릭은 켜켜이 쌓인 냄비를 봤다.

먹다 남은 음식임을 앎에도 탐했고, 씹었을 때 정신이 아찔해질 정도로 맛의 쾌락에 취해 이것이야말로 신의 음식인가 했다.

비록 음식의 모양새는 레스토랑에 비해 초라해 보일지

몰라도 그 맛은 그 어떤 것과도 비교할 수 없었다.

그리고 몸을 가득 채우는 이 만족감.

겉만 번드르르했던 음식과 달리 가슴이 충만했다. 머리는 더 맑아졌다.

그리고 깨달았다.

요리. 요리라면 누구든 배부르게 해 줄 수 있다는 걸.

그게 배든, 가슴이든.

진지하게 감동한 페드릭의 눈을 보며 도현은 난처했다.

"보다시피 제브라드와 여긴 달라."

페드릭도 고개를 끄덕였다.

"예. 그래서 말인데, 이 음식을 만드는 방법을 알 수 있겠습니까?"

"어묵탕?"

"이름이 어묵탕이군요? 이런 맛은 처음이라- 이것만큼은 욕심이 나네요, 하하."

그럴 만도 했다. 제브라드에서 생선이란 건 물에 가깝지 않은 이상 구경하기 힘든 음식이니까.

문제는…

"알려 준다 해도 제브라드에서 어류를 구하긴 힘들 텐데."

"어류요? 헉! 이게 물고기란 말입니까? 하아…….'

말을 듣자마자 세상이 다 꺼져라 한숨을 내뱉는 모습에 도현은 혀를 찼다.

'레시피만이라도 알려 준다면 괜찮지 않을까?'

완전히 같은 맛을 낼 수 있을지는 모르겠지만, 보존 마법만 걸면 두세 번 해 먹을 양은 줄 수 있다.

그 재료들을 가지고 비슷한 재료를 찾아 흉내라도 내 볼…

"아."

방법이 있다.

우울하게 잠긴 페드릭의 눈을 보며 도현은 씩 웃었다.

"요리를 정말 배우고 싶어?"

"예! 요리를 배울 수 있다면 무슨 일이라도 할 자신 있습니다! 설령 다시 밑바닥부터 시작한다 하더라도!"

어렸을 적 검을 배우기 전으로 돌아가는 거나 다름없다. 그래도 배울 수만 있다면 그게 어떠하랴.

가능성만 있다면 무조건 도전할 수 있다.

도현은 고개를 크게 끄덕였다.

"혹시 이오르라고 아나?"

페드릭은 눈을 끔뻑였다. 그러다 얼굴을 굳히며 마른침을 삼켰다.

"설마, 미치광이 요리사 그 이오르… 말이십니까?"

그 한마디에 도현은 파하하, 웃음을 터트렸다.

이오르. 요리에 미친 블루 드래곤.

그의 정체를 아는 몇몇 사람을 제외하고, 세간에는 그저 미치광이 요리사로만 알려져 있다.

요리에 빠져서 세상 모든 음식을 먹어 보고 요리로 세계를 정복하겠다던, 그 퍼런 도마뱀과의 만남은 어이가 없을 정도로 엉뚱했다.

도현이 고기에 물렸던 시절, 생선을 먹겠다는 일념으로 찾은 바다의 외딴섬.

종류별로 잡아 올린 생선을 회를 떠 핫칠리소스에 찍어 먹고, 흉내만 낸 매운탕을 한 숟갈 떴을 때 바다에서 물고기가 튀어나온 것이다.

'인어가 매운탕을 같이 먹자고 했을 때 얼마나 웃겼는지.'

아직도 그 모습을 잊을 수 없었다.

그 뒤로 제브라드에서 찾아볼 수 없는 도현만의 조리법에 이오르는 스토커처럼 들러붙었다.

나름 쏠쏠하기도 했다.

이오르의 요리 집착으로 인해 대한민국 음식의 맛을 70퍼센트까지 재현해 낸 것만으로도 놀라웠으니까.

'그래, 그놈이라면 레시피를 알려 보내더라도 괜찮을 거야.'

한국 음식을 맛보고 싶어 하던 놈이었으니. 이쪽으로 방문하지 못해 음식을 못 먹이는 게 아쉽달까.

그 부분도 이놈을 통해 보내면 갈증은 풀 수 있을 거다.

도현은 다시 문 위에 카운트되는 시간을 확인했다.

대략 50분 정도.
이것저것 챙기려면 시간이 꽤 빠듯하다.

"이걸 가지고 이오르에게 가."
깨끗하게 치워진 식탁 위에는 주먹만 한 가죽 주머니 하나가 놓여 있었다.
그저 주머니만 봤을 땐 뭔가 싶겠지만, 페드릭은 귀신을 본 것처럼 손을 떨었다.
아공간 주머니.
이 안에 어마어마한 양의 물건이 들어가는 걸 봤었으니 말이다.
음식으로 보이는 것부터, 문자는 알아볼 수 없었지만 책과 골똘히 생각하던 도현이 즉석에서 만들어 낸 무언가까지.
꺼내 놓는다면 너른 공터에 자신의 키의 10배쯤 되는 산을 쌓을 정도로 많은 양이었다.
"가면 내치지 않으실지……."
내심 내쳐 줬으면 하는 마음과 그래도 요리를 배울 천금 같은 기회를 발로 차려는 자신을 질책하는 마음이 계속 대립됐다.
"이걸 보여 주면 돼."
실처럼 가느다란 은팔찌였다. 그걸 페드릭의 왼 팔목에 가져가니 이음새가 없던 팔찌가 팔을 통과했다.

정신을 차렸을 때는 어느새 팔목에 팔찌가 채워진 상태였다. 분명 크기가 꽤 작았었는데, 팔목에 딱 맞는 크기로 변했다.

'아티팩트……'

무슨 능력이 있는지는 모르겠지만, 아티팩트는 웬만한 귀족 저택 한 채 값은 우스울 정도로 고가였다.

"그리고 이 편지도 부탁하지."

흰 봉투에 넣은 편지는 무척이나 수수했다.

침을 꼴깍 삼킨 페드릭은 고개를 끄덕였다.

"혹시 갖고 싶은 게 있어?"

대뜸 묻는 말에 페드릭은 로봇처럼 고개를 저었다.

아무 생각도 안 났지만, 요리사를 만나 요리를 배울 수 있는 것만으로도 엄청난 기회임을 알아서였다.

도현은 페드릭에게도 자신의 피를 먹여 커넥트 시스템에 넣어 버릴까 하는 고민을 하다가 접었다.

그를 위한 선물이라기보다는 이오르와 소식을 주고받기 위한 수단이 되어 버릴 게 뻔했다.

그리고 그게 아니더라도 페드릭의 검술 경지도 나쁘지 않다. 조금만 더 노력한다면 10년 안에는 마스터의 경지에 닿을 것이다.

뭐, 그 전에 이오르의 손에 의해 좀 더 단축되지 않을까?

'역시 그게 낫겠다.'

도현은 인벤토리에서 볼링공 크기의 새카만 돌덩이를 꺼내 집중했다.

"창조."

도현의 몸을 타고 은빛 마나가 돌덩이 속으로 스며들었다.

환한 빛을 내며 허공에 떠오른 돌덩이는 점토처럼 빚어지더니 식칼이 되어 도현의 손에 내려앉았다.

날과 손잡이가 한 몸으로 만들어진 식칼. 문양이 전혀 들어가지 않아 밋밋하기까지 했다.

도현은 마지막으로 검지를 들어 칼등에 작게 제브라드 언어를 새겼다.

페드릭.

작업이 끝나자 식칼은 빛을 빨아들이듯 검어졌지만, 은은한 은빛이 감도는 것 같기도 했다.

우선은 외형을 칼로 맞췄지만, 손에 익히는 건 페드릭의 몫이다.

"선물."

거절하려던 페드릭은 어떻게 만들어졌는지 알기에 군말 없이 받았다.

덜덜 떨리는 손과 달리 그의 눈은 눈물로 그렁그렁했다.

"이, 이렇게 귀한 걸……. 정말, 죽을힘을 다해 요리하겠습니다."

"그런 부담 주려고 한 건 아닌데. 뭐, 열심히 해 봐."

끼이익.
타이밍 좋게 방문이 열렸다.
이제 보내야 할 시간이다.

도현은 식탁 앞에 앉아 멍하니 천장을 응시했다.
조용한 집. 오늘따라 유난히 휑하게 느껴졌다.
술을 조금 마셔서 그런 걸까?
그렇다고 하기엔 몸은 너무나도 말짱했다.
그럼 모든 먹거리를 탈탈 털어 보낸 탓인가?
그건 다시 마트에 가서 사 오면 된다.
아니면 오랜만에 진심으로 사용한 힘 때문에?
어차피 사용한 힘이라고 해 봤자 이미 채워졌을 정도로 미약한 수준이었다.
도현은 고개를 돌려 방문을 바라봤다.
제브라드인들이 드나드는 문.
귀찮지만 그래도 신경 쓰이는 이들이라 챙겨 주는 정도였는데, 오늘만큼은 마음이 뭔가 다르다.
'페드릭.'
그 녀석이 다녀간 이후 계속 뭔가 허전하다.
끽?

식탁에서 한참 뻗어 자던 토토가 벌떡 일어나 도현을 멀뚱히 쳐다본다.

"잘 잤냐?"

일자로 다물어진 입술에 살짝 호선이 그려졌다.

이럴 땐 펫도 나쁘지 않다.

빵빵하게 불렀던 토토의 배가 금세 홀쭉해져 있었다. 그러고 보니 크기가 좀 커진 것 같기도 하다.

성장 속도가 빠르다더니 이 정도일 줄이야.

다시 배고프다고 보채지 않을까 싶었지만 그건 아닌 듯했다.

"요리라……."

지구로 돌아오고 싶었던 이유 중 하나이기도 했던 음식.

그 음식이 어느샌가 대접의 용도가 되고 호기심이 생겨 배워 보고 싶은 것이 되었다.

그 와중에 나타난 페드릭 때문인지 취미 생활쯤으로 치부했던 요리가 더 의미 있는 것으로 다가왔다.

젬병이긴 젬병인데.

그래서 왠지 더 도전하고 싶은 마음은 뭘까?

"까짓것 하면 되지."

그래, 하면 된다.

검도 그랬고 마법도 그랬다.

힘들고 지치고 한때는 의미까지 잃어버리기도 했지만

해내지 않았나.

 요리도 다를 바가 없다.

 단지 등이 따뜻하고 배가 부르니 안 움직였을 뿐이다.

 지금은 남는 게 시간이니.

 시스템도 도와주는 판에야.

 정 모르겠으면 엄마한테 달려가도 된다.

 '이러니 꼭 20대로 돌아간 것 같네.'

 아, 나 20대였지?

 혼자 킥킥대던 도현은 페드릭이 돌아가고 떴던 상태창을 다시 확인했다.

[페드릭 카 블루울프]

31세/남

전 블루울프 용병단 단장(자살)→블루 드래곤 이오르의

유일한 제자(이오르 식당 분점 1호 사장)

능력치[상세 보기+]

스킬[상세 보기+]

특이 사항

블루 드래곤 이오르의 맹약자

이전에 다녀갔던 이들에 비해 무척이나 심심했다.

당연한 일이다. 도현이 한 것이라고는 물건을 챙겨 주기만 했을 뿐이니까.

3시간 내내 도현의 이름을 물어보던 페드릭에게 이오르에게 들으라고 말한 뒤 보내 버렸다. 하나같이 경악하는 얼굴에 질려서다.

둘 다 다른 의미로 경악할 모습이 그려지자 도현은 킥 하고 웃었다.

"좋아할 이오르를 못 본다는 게 좀 아쉽네."

분명 함박웃음을 지을 거다. 그리고 그 맛을 완벽하게 구현해 내기 위해 한참을 고민하겠지.

그러라고 다양하게 보냈다. 3분 요리부터 냉동 요리, 시리얼, 젓갈, 김치, 된장, 고추장, 간장 등등.

말 그대로 모든 냉장고를 깨끗하게 비워 보냈다.

복도의 방 하나가 종류별 냉장고로 가득했었는데, 그 냉장고들이 다 비어 버렸으니 말 다 한 거다.

그리고 혹시나 모르니 집에 사 둔 레시피 북을 보내며 한국어를 담은 아티팩트까지 첨부했다.

짧은 설명과 안부까지 편지로 부쳤고.

요리 개발을 위해 한국어를 중얼거릴 이오르를 떠올리니 뭔가 이상했다.

"노란 머리에 파란 눈의 외국인이 한국어 사투리를 해

대는 모습이려나?"

TV에서도 가끔 볼 수 있는 모습이지만, 이쪽은 블루 드래곤이다.

상상만 해도 너무 웃겨 배를 잡고 한참을 웃은 도현은 외출복을 걸치려다 시간을 확인하고 내려놓았다.

곧 자정을 넘기는 시각에 마트는 좀 그랬다.

"내일 가야겠다."

그리고 엄마한테도 다녀와야 한다.

먹을 것도, 재료도 다 털어 줬으니 다시 채워야지.

"또 한 소리 듣겠네."

이마를 작게 찡그린 도현은 머리 위에 앉은 토토를 소파에 내려놓고 TV를 틀어 줬다.

"씻고 올 거니까 보고 있어."

찟찟!

먹을 걸 좋아하는 것 같으니 자신의 애정 채널인 먹방을 틀어 주고 화장실로 들어갔다.

긴 하루가 끝났으니, 내일부터는 바짝 조이지 않더라도 괜찮을 거다.

헌터 자격증도 있겠다, 학교도 큰 걱정 없었다.

"이제 골칫거리는 없나?"

쿠당탕, 퍼엉!

문제는 거실에서 터졌다.

끼끼끼끽! 끼끼끼끽!

"토토야?"

놀라서 거실로 나가자 TV를 씹으며 퍼덕이는 토토가 보였다.

2권에 계속

쓸모없는 유물조차도 맛있는 음식이 될 수 있다!
무엇보다 유물은 맛이 있다.
유물을 먹으면 먹을수록 나는 강해진다!
역사상 최초의 유물 먹는 헌터, 내 이름은 최강현.
잘 기억해 둬라!

MAYA&MARU MODERN FANTASY STORY

재벌집 망나니 7대독자

앤서 현대 판타지 장편소설

1~2권 절찬 판매 중!!

대한민국 최고 재벌의 데릴사위였던 박주운.
음모에 의해 죽음을 맞은 후 깨어나 보니!
거대 금융 재벌 '테라'의 7대 독자 이진이 되어 있었다.
나라를 통째로 사고도 남을 현금을 보유한 이진.
곧바로 BUY KOREA에 나서는데……!

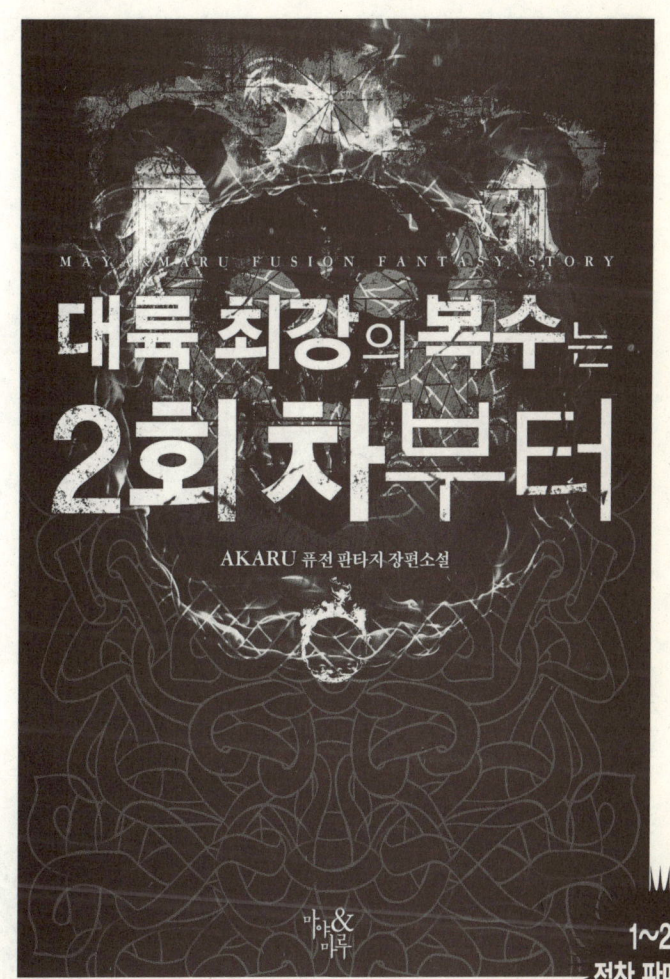

어느 날 이세계로 떨어졌다.
집으로 돌아가기 위해 싸웠지만 허무하게 죽임을 당해야 했다.
그 순간 나타난 암흑신!
그와의 계약을 통해 복수할 기회를 얻었다.
나는 당연히 승낙했고, 이번에는 그것을 위해 싸우기로 했다.

2018년 대한민국 국민으로 살아가던 내가
무림이라는 이 말도 안 되는 세상에 떨어진 지 어언 30년.
알지도 못하는 세상으로 납치해
하루 이틀도 아니고 30년 넘게 무보수로 부려 먹어?
좋게 말할 때 밀린 봉급은 물론이고 퇴직금까지 다 토해 내라.

www.mayabooks.co.kr

www.mayabooks.co.kr